모든 순간은
이미 찬란했다

모든 순간은 이미 찬란했다

초판 1쇄 발행 2022년 9월 26일

지은이 이은전
펴낸이 권경옥
펴낸곳 해피북미디어
등록 2009년 9월 25일 제2017-000001호
주소 부산광역시 동래구 우장춘로68번길 22
전화 051-555-9684 | 팩스 051-507-7543
전자우편 bookskko@gmail.com

ISBN 978-89-98079-54-3 04810
       978-89-98079-52-9(세트)

이은전 지음

둥지북

꽃을 찾아서

마당을 화려하게 밝혔던 금계국이 수명을 다하고 있다. 이제 무얼 심지? 옆집 백합이 화려하니 저걸 따라 해볼까... 생각이 이리저리 넘어 다니는 걸 지켜보다 아찔해진다. 내가 뭐하고 있나. 끊임없이 찾아다니는구나. 작년에는 꽃범의 꼬리, 올해는 작약... 이런 식으로 이 꽃 저 꽃 끝이 없다. 영원한 것은 하나도 없구나.

가까운 도반이 눈앞의 경계(마음 작용을 일으키는 모든 대상, 환경, 조건)를 만날 때마다 생멸이 환히 보이니 허무하다며 영원한 것이 무엇인지에 늘 꽂혀 평생을 찾아다녔다는 이야기를 들으며 구도자와 나는 참 다르다 느꼈다. 나는 영원한 것을 구하지 않는다, 지금 눈앞의 생멸이 뻔해도 이것이 좋다고 생각하고 있었다. 그런데 이제 보니 그것이 아니었다. 나 또한 그 도반과 똑같이 불생불멸을 쫓아다녔음을 알겠다. 다만 그 도 반은 이미 그것을 간파하고 있었고 나는 내가 왜 그러 는지도 모르고 그러고 있었던 거다.

29년을 앞만 보고 살아왔던 선생 역할. 퇴직하기 전 나는 수많은 일들을 했다. 일이 즐겁고 성취감도 쏠 쏠하고 주변 피드백도 달콤했다. 그래서 잘 살아왔다 고 스스로 자부하고 있었다. 퇴직 후 꽃을 가꾸면서 그 때나 지금이나 똑같다는 아찔함을 깨달았다. 그때는 학교, 학생, 사회에 꼭 필요하고 중요한 일이라는 의식 에 매몰돼 앞만 보고 달렸다면 지금은 꽃을 향해 똑같 이 달리고 있다.

결국 내가 달려온 길은 불생불멸을 찾고 있었던 것 이다. 화원을 지나는데 화려한 꽃이 눈앞에 인연된다. 그러나 그 꽃은 예전의 그 꽃이 아니고 이제는 컵이나 돌처럼 무심히 보인다. 그렇다. 나는 이제야 그 도반에 게 고백한다. 나 또한 지금까지 불생불멸을 향해 방황 해왔었다고.

믿고 싶지 않은 나이 60을 앞두고 보니 '마음'에 관 심을 두고 공부해온 세월도 16년쯤 됐다. 그동안 써놓은 마음일기도 600페이지가 넘어 이제는 이것들을 정리하고 싶다. 신선한 공기가 막힌 곳 없이 설렁설렁 드나들 수 있도록 집안 구석구석 쌓여 있는 잡다한 물건들을 싹 들어내듯이 그동안 쌓아두기만 했던 마음의 흔적들도 이번에 좀 정리해보고 싶어 작업을 시작했다.

요즘 나에게 자주 떠오르는 의문, '나는 살아온 것일까? 살아진 것일까?'에 대한 답도 얻고 싶어 '나'가 아닌 '그'가 돼 흐르는 대로 물결을 따라가 보기로 했다.

사족, 16년 동안 오직 공부를 위해 써온 일기를 출판하려고 들여다보니 글을 읽을 사람들에게는 낯설 단어들이 마음에 걸린다. 현존, 본성, 주착심, 핵심역동, 무자력, 경계... 등.

심리학, 원불교, 불교, 영성학 등의 공부를 넘나들다 보니 익숙해진 말들이다. 마음을 공부한다는 것은 특정 종교나 학문에 국한된 일이 아닌 우리의 본래 마음을 들여다보는 기본 작업이므로 글을 읽을 때 불필요한 선입관이 글의 흐름을 방해하지 않기를 빌어본다.

차례

2부 마음일기로 돌아보다, 그는 살아졌다

4. 지금 이 자리

1부
흔적들, 그는 살아왔나?

1
낯선 이름 우울증,
몸이 먼저 알다

내가 우울증이라고?

"우울증은 흔한 정신질환으로 성적 저하, 원활하지 못한 대인관계, 휴학 등 여러 가지 문제를 야기할 수 있으며, 심한 경우 자살이라는 심각한 결과에 이를 수 있는 뇌질환이다."

의학 사전에 나와 있는 우울증에 대한 설명이다. 그는 이런 질병이 있는 줄도, 드디어는 그가 이런 환자가 될 줄도 전혀 모르는 상태에서 난데없이 뒤통수를 맞았다. 그의 나이 서른아홉, 딸이 다섯 살 때다.

그동안 허리가 아파 매일 퇴근 후 정형외과를 들락거리기를 몇 개월째 이어오고 있었다. 그날은 더 이상 허리를 구부릴 수도 가만히 서 있을 수도 없었다. 학교를 휴직해야겠다 싶어 병원에 진단서를 요청했다. 의사가 진단서를 발급해줄 수 없다며 하는 말이 허리에 이상이 없단다. 무슨 말이냐고, 지금까지 몇 개월 동안 자신을 치료하지 않았느냐고 항변하니 의학적으로 허리에는 아무 문제가 없다, 대신 진료의뢰서를 써줄 테니 다른 병원으로 가보라고 한다. 미남로터리에 있는 신경정신과 병원을 추천했다. 이 병원에서는 진단서를 발급해줄 것이라고 해서 무슨 말인가 하면서도 그 병원으로 갔다.

의사는 이것저것 몇 마디 물어보더니 우울증이 심각하다며 지금 바로 입원하라고 한다. 뭔가 그에게 심각한 병이 왔다고 하고, 또 지금 너무 아파 어떻게든 쉬고 싶어 의사의 말을 그대로 따랐다. 서류를 준비해 학교에 휴직 절차를 밟아 바로 다음 날 입원했다. 그러자 신기하게도 허리가 하나도 아프지 않았다. 어제까지만 해도 허리를 구부리지 못해 세수도 못 했는데 오늘은 아무렇지 않다니 이게 무슨 일인가. 의사 선생님께 허리 관련 진통제라도 넣었느냐고 물으니 자신은 정형외과 진료는 전혀 모르는 사람이라 그런 약은 쓰

지 않는다고 했다. 그는 막연하게나마 그동안 마음이
힘들어 허리 병이 왔었나 보다 짐작했다. 그러고 보니
그동안 몸이 아니라 '마음'에 문제가 있었구나 하고 문
득 이제야 돌아봐진다.

나는 옳고 너는 틀렸다

　　　　아이가 태어나면서 시어머니와 같이 살게 된 지 4년여, 육아의 노동과 시어머니와의 동거라는 낯선 환경 등이 이런저런 스트레스를 가져왔지만 눈앞에 할 일이 태산이었기 때문에 그따위 마음에 신경 쓸 여력이 없었다.

　직장에서는 뾰족뾰족해서 하는 일마다 법대로를 들이댔다. 당시 국어과 부장이었던 그는 이미 다 결정돼 있던 학교 업무를 '원칙대로'라는 깃발을 들고 결과를 뒤집어놓기도 했다. 교장과 연구부장이 짝짜꿍이 되어 교사들이 없는 방학을 이용해 다음 년도 국어과 연구학교 시범 실시를 결정해놓은 사실을 쉬쉬하고 있음을 알게 됐다. 관리자들은 일방적으로 점수 따기용 업무를 무조건 들이대고, 평교사들은 말도 못하고 받아들여야 했던 어두운 시절 이야기다. 국어과 교사들이 할 일을 국어과 교사들에게 의논조차 없이 독단적으로 처리한 사실에 분노하고, 원칙대로 절차를 밟으라고 강력하게 요구해 교장이 교육청에 시말서를 쓰고 일단락됐다.

그 과정에서 가까운 사이였던 연구부장이나 교장과의 관계에 금이 가는 상처를 주고받았다. 지금 돌아보니 그분들이 상처 받았겠다 싶지만 당시에는 전혀 달랐다. 그는 할 일을 했을 뿐이고 그분들이 잘못했으니 결과를 책임져야 한다고 생각했다. 옳지 못한 일을 바로잡는 일이 정의라는 뜻을 빳빳하게 세워놓으니 주머니 속에는 늘 날카로운 손톱이 숨겨져 있었다. 자신이 꾸는 꿈속임을 까맣게 몰랐던 시절이다.

학생들에게 세워져 있던 그의 뜻은 늘 몸이 부서지도록 최선을 다해야 한다는 것이었다. 그가 근무했던 곳은 주로 열악한 지역이라 학생들은 늘 그의 돌봄이 필요하다는 사실에 주착(住着, 어느 한 곳에 치우쳐 집착함)이 되어 있었다. 담임을 맡으면 한 명도 빠짐없이 가정방문을 해 학생들의 환경을 파악해두어 장학금이나 학비 감면 등의 업무는 손바닥 안에 있었다. 수업은 한 시간도 허투루 해서는 안 되니 기말고사가 끝난 후에도 알찬 프로그램이 준비돼 있어야 했다. 다른 반에서는 영화를 보거나 자습 등으로 1, 2주를 보내기도 했지만 그는 이런 때일수록 집단상담 프로그램 등을 마련해 평소 듣지 못했던 학생들 마음속 이야기를 끌어

내려 노력했다. 그때 그에게는 '나는 참 훌륭한 교사'라는 자부심이 하늘을 찔렀다. 학생들 입장에서는 얼마나 괴로운 시간이었을까. 자습 시간 한 번 주지 않고 늘 종 치기 직전까지 빽빽한 수업을 하는 선생님이 뭐가 좋겠는가. 교직생활 29년을 거꾸로 살았다는 아찔함이 가끔씩 올라올 때면 그는 당황스럽다.

말만 하면 눈물이 나다

그는 직장에서 진을 빼고 지하주차장에 도착하면 집에 올라가기가 싫어 차 안에 한 시간씩 앉아 있기도 했다. 아이를 키워주시겠다는 시어머니의 마음은 무척 감사하면서도 집에서 하나둘씩 부딪치는 생활방식의 차이는 오롯이 마음에 짐으로 쌓여갔다. 이런 저런 말씀도 다 잔소리로 받아들여졌고 듣기 싫고 괴로웠다. 아니, 그보다는 아이 키우느라 고생하시고 감사한 시어머니 말에 싫다는 마음이 올라오는 자신을 받아들이기가 더 어려웠다. 현실적으로는 괴로웠지만 그런 마음이 올라와서는 안 된다고 생각했다. 저절로 올라온 생각을 자신이 만든 것으로 자책하며 마음 저 깊은 곳으로 차곡차곡 눌러놨다.

남편과의 결혼생활도 허니문의 밀월은 얼마 가지 못하고 너무나도 다른 두 사람이 하나로 맞춰가기 위한 치열한 싸움의 연속이었다. 본인 취미생활을 포기하지 않는 남편은 늘 약속을 어기기 일쑤였고, 그는 그런 남편을 받아들이기 어려웠다. 이랬니 저랬니 등의 일들로 싸우고 화해하고 싸우고 화해하기를 반복하면서 조금씩 지쳐갔다.

사람을 만나면 말과 눈물이 많아졌다. 이래서 괴롭고 저래서 괴롭고, 시어머니가 이랬다는 등 남편이 저랬다는 등... 늘 그를 괴롭히는 건 상대방이었고 그는 피해자였다.

지금도 잊을 수 없는 일이 있다. 당시 직장에서 얼마나 주변 사람들에게 입만 열면 남편 욕을 했었는지 세월이 많이 흐르고 오랜만에 만난 분이 대뜸 이혼했느냐, 아직도 그 나쁜 남편과 살고 있느냐고 묻는 것이었다. 10여 년 사이에 마음공부로 180도 달라져 남편과는 신혼이 다시 와 행복하게 살고 있던 시절이라 놀라웠다. '아, 내가 예전에 그랬구나!' 입만 열면 상대를 비난하기에 바쁜 시절이었지. 그게 모두 자기 것인 줄도 모르고 무명에 빠져 있던 시절이었다. 그는 자신이 얼마나 많은 인과를 지어놨는지 눈앞이 아득했다. 남편에게도 참 미안했다. 모두 자신의 과오임에도 다른 사람들에게 남편이 나쁜 사람으로 비쳤다는 사실이 한편으로는 억울하기도 했다. 남편이 얼마나 좋은 사람인데, 이런 사람 또 없는데...

그렇게 입만 열면 본인이 힘들다는 이야기, 대화만

시작하면 눈물이 줄줄 흘렀고, 집에 들어가기 싫고, 앞으로의 삶에 희망이 안 보여 늘 어깨가 무거웠다. 딱 죽고 싶었다. 저절로 죽는 방법을 검색하게 되고 서랍장 구석 깊은 곳에 수면제도 착착 사다 모았다. 죽음을 준비하는 무서운 약임에도 가끔씩 약 봉투를 열어볼 때면 아무 감각 없이 담담했다.

그러나 이것이 마음의 병임을 전혀 모르다 보니 몸이 먼저 말을 걸어 왔던 것이다. 그렇게 허리가 아팠다. 정형외과에 쏟아 부은 돈도 얼마나 많았던지...

우울증을 통과하다

　　신경정신과에 입원하니 그렇게 마음이 편안했다. 허리도 하나도 아프지 않았고 집안 살림이 어떻게 돌아가는지, 이제 일곱 살인 딸이 어떤 마음일지 전혀 관심이 가지 않았다. 병원에서 주는 하루 세끼 밥을 앉아서 받아먹으니 편했고, 잠이 오면 자고, 일어나고 싶으면 일어나는 등 39년 그의 인생에서 가장 편안한 날들이었다.

　가끔 남편이 딸을 데리고 와서 들렀다 갈 때도 그냥 놀러 오는 것 같았다. 당시에 생전 처음 휴대폰을 샀고 딸은 엄마 휴대폰이 신기해 병원에 더 오고 싶어 했다. 좁은 병원 침대에 딸과 함께 누워 휴대폰 벨소리를 고르며 마냥 즐거웠다. 문득 그때를 회상하니 그의 딸은 어떤 마음이었을까 궁금해진다. 딸도 즐겁기만 했을까? 할머니와 아빠는 있지만 엄마가 없는 한 달이 딸에게는 어떤 기억으로 남아 있을까? 무엇이 힘들었을까? 당시 그의 의식 속에는 오로지 자신밖에 없었음이 이제야 보인다. 자신이 무슨 짓을 하는지도 모르고 살아온 세월, 지금도 무슨 짓을 하고 있는지 돌아보고 돌아봐야 하리라.

지인 중에 A라는 분이 있다. A는 수많은 고행 끝에 부처님 공부를 배울 수 있는 스승을 만났고 그 스승을 만난 이후는 삶의 모든 고통이 깨끗이 해결돼 그 공부가 전부인 시절이 있었다. 자신이 얼마나 힘들게 살아왔던지 아이들만은 잘 살게 하고 싶었다. 스승께 아이들이 부처님 공부를 할 수 있는 방법이 있느냐고 물으니 그 수행 시스템에 들어오면 성직자로 키워내는 과정이 있다는 말을 듣고 얼마나 기뻤는지 모른다. 그 스승이 부임지를 옮기게 돼 중학생 딸을 스승에게 딸려 보내는 바람에 그 딸은 3년 동안 가족을 떠나 살게 됐다. 주변에서 엄마가 딸을 보러 가야 한다고 재촉하는 바람에 오랜만에 찾아갔더니 딸이 그렇게 울더란다. 이 좋은 공부를 스승 바로 밑에서 하고 있는데 왜 우는지 도저히 이해가 안 되더라는 말을 하는 A가 문득 떠오른다. 오랜 세월이 지난 후에야 어린 딸이 엄마가 보고 싶었을 거라는 아픔이 가슴으로 내려왔다는 A. A도, 그도, 그리고 모든 사람들에게 머리로 알고 있던 것들이 가슴으로 내려와 하나로 화합되는 때, 그때는 누구에게나 있을 것이라고 생각한다. 머리로 아는 것도 가슴으로 아는 것도 하려고 해서 되는 것이 아니라 저절로 될 뿐임을 이제는 그도 안다.

병원에서는 약물치료 외에도 매일 의사 선생님한테 상담을 받았다. 당시 육아 때문에 시어머니와 함께 살고 있던 그는 시어머니에 대한 불만을 이것저것 이야기했다. 그의 이야기를 들은 의사 선생님은 우울증의 원인이 남편이라고 진단했다. 의외였다. 그는 입만 열면 주로 시어머니 이야기였는데 대뜸 남편이라니. 그때는 받아들이기가 어려웠다. 남편과는 불화가 많았지만 당시는 시어머니와 관련된 일이 더 많았기 때문에 남편은 대화 내용에 자주 등장하지도 않았다. 긴가민가하면서 네~ 하고는 그대로 넣어 놨다.

이후에 시간이 흘러 대학원에서 심리상담을 전공하고 마음공부에 입문하면서 그는 자신의 모든 우울증의 원인이 남편임을 그제야 깨달았다. 시어머니는 남편 대신 분노의 희생양이었다. 이는 훨씬 세월이 흘러 마음공부하면서 그가 알게 된 사실인데, 당시 의사 선생님은 몇 마디 들어보고 바로 남편이 원인임을 알아냈다는 게 놀라웠다. 역시 전문가의 눈에는 다 보이는가 보다.

그렇게 한 달 동안 입원해 있으면서 의사 선생님은 우울증에 대해 공부를 하라면서 인쇄자료를 주기도 하시고 명상하는 방법을 가르치기도 하셨다. 그 명상이 잘 이해가 안 됐지만 어쨌든 구름을 보며 구름에 마음을 집중해 잡념을 고요히 가라앉히는 방법이었던 것 같다. 의사 선생님이 주신 인쇄자료는 우울증에 관한 의학적인 자료였다. 막연히 약만 먹지 말고 우울증에 대해 공부를 해보라는 말씀에 확 꽂혔다. 당시는 스마트폰이나 노트북이 없던 시대라 책을 사서 보는 방법밖에 없었다.

한 달 만에 퇴원하면서 우울증에 대해 공부를 해보니 합리적인 해결방법이 보였다. 의사 선생님은 우울증 약을 먹는 기간 1년, 줄이는 기간 1년, 끊으며 지켜보는 기간 등 거의 3년이 걸릴 거라고 했지만 그는 자신의 노력에 달렸다는 확신이 들었다. 처음에는 3일 간격에서 시작해 일주일 간격, 한 달 간격으로 병원에 약을 타러 다녔다. 그러다 보니 이제는 스스로의 힘으로 극복해봐야겠다는 생각이 들어 8개월 만에 약을 끊었다. 우울증에 대한 공부를 하다 보니 심리 공부를 본격적으로 해야겠다는 의욕이 솟았고, 교사 상담학회에 가입해서 심리상담 관련 연수에 지속적으로 참가했다. 윤관현, 동사섭 등 전국의 유명하다는 집단상담을 기웃거리며 마음의 병에 대해 눈을 뜨기 시작했다.

2
무거운 족쇄,
심리학을 만나다

신기한 학문, 심리학

그는 우울증을 심하게 앓고 의학적인 공부를 하면서 자신에 대해 조금씩 알아가기 시작했다. 그러다 남편과의 불화가 심해 모든 이혼서류를 준비해놓고, 마지막으로 한 번만 더 노력해 보자는 데 합의가 돼 신라대학교 가족상담학과에서 진행하는 부부상담 5회기 프로그램을 신청했다. 첫 회기에 MBTI 검사를 하고 결과 설명을 듣는데 이게 완전히 신세계였다. 마치 자신들이 사는 곳을 CCTV로 다 본 듯이 사례를 설명했다. 그는 INTJ유형이고 남편은 ISFP유형으로 첫 글자인 내향형(I유형)만 일치하고 나머지는 정반대였다.

그것도 둘 다 상대적인 항목은 거의 0점에 가까워 극단적인 반대 유형이었다. 그동안 남편이 자신을 사랑하지 않기 때문에 사사건건 그의 반대지점에 있는 줄 알았더니 그게 아니라 사람 성향이 다르다는 것이다. 사람이 다르다? 그는 가슴 저 깊은 곳에서 쿵! 하면서 뭔가 떨어져 내리는 것 같은 충격을 받았다.

중요한 일을 앞두고는 철저하게 준비하고 미리 계획 세우고, 집안은 항상 깨끗이 정돈돼 있어야 하고, 자기가 맡은 일은 어떠한 고난이 있어도 책임지고 결과를 만들어내야 하고... 이런 생각들이 모두가 당연하게 보는 객관이 아니고 주관이라니! 경이로웠다. 사람이 다 다르다! 처음 듣는 이야기이고 마치 휴대폰이라는 물건이 세상에 처음 나왔을 때의 신기함을 느꼈다. 그렇게 자신의 지독한 성향을 보고 나니 같은 성향이 거의 0에 가까운 남편이 그와 살아오느라 힘들었을 세월이 느껴졌다.

그는 열렬히 사랑해서 다시는 각자 집으로 헤어져 들어가는 저녁이 없게 하자 싶어 연애 1년 반 만에 남편과 결혼했다. 결혼 초에는 꿈에 부풀어 늘 남편과 놀러 다니고 싶었다. 그러다 중고차를 한 대 사게 됐고 그는 주말만 기다렸다.

월요일쯤 남편에게 "이번 주말에 뭐 할 거야?"라고 물으면 남편은 "그때 봐서~"라고 말했다. 속으로 좀 갑갑했지만 참았다가 수요일쯤 한 번 더 물었다. 주말에 뭐 할 거냐고. 남편은 똑같은 말, 그때 봐서... 금요일 저녁에 그는 이제 더는 물러설 곳이 없다는 마음에 내일 뭐 할 거냐고 물었고 남편 대답은 똑같았다. 화가 나기 시작했지만 자기 계획이 따로 있다는 말을 안 하니 그럼 토요일 퇴근 후에 드라이브 가면 되겠구나 해석했다. 당시는 토요일까지 근무하던 때다.

토요일 아침에 출근하면서 남편이 "퇴근할 때 학교로 전화할게"라고 하기에 그는 퇴근 시간만 손꼽아 기다렸다. 오늘은 어디로 갈까 꿈에 부풀어서. 드디어 퇴근 시간이 돼 남편이 교무실로 전화(당시는 휴대폰이 없던 시대)해 오늘 친구들이랑 테니스 한 판 하기로 했으니 먼저 집에 가서 쉬고 있으라고 했다. 화가 머리끝까지 올랐다.

"지금 와서 안 된다고 하면 나는 어떻게 해야 하나, 이제 와서 나랑 놀아줄 텅 빈 스케줄의 친구가 누가 있겠나. 미리 안 된다고 했으면 나도 내가 즐길 수 있는 약속을 만들어놨을 텐데 이제 와서... 이럴 줄 알고 월요일부터 물었었는데 대답을 안 하더니 어떻게 그럴 수가 있나!"

이런 패턴이 반복되면서 드디어 그는 결론을 내렸다. '이 사람은 나를 사랑하지 않는구나.' 사랑하지도 않으면서 결혼은 왜 했나? 드디어는 사랑하지 않으면서 같이 살 필요가 없다는 결론에 도달했다.

강사에게 MBTI 유형 해석을 들을 때 머리를 번쩍 스치는 깨달음이 있었다. '남편 유형으로 볼 때 나 같은 사람은 숨이 막혔겠다, 이런 나와 살아준 것이 참 감사하다.'였다. 뭐든 미리 정해놓으면 갑갑한 유형이라 약속을 잘 하지 않는 남편에게 그는 월요일에 한 번 물어보고, 수요일에 또 물어보고, 금요일에 또 물어보고, 토요일 아침에 또 물어보고... 끔찍했겠다, 짐작이 됐다. 그는 앞으로의 일을 미리 미리 계획해서 철저하게 준비해야 편안한 J유형이었고 남편은 계획 따위는 필요 없고 그때 상황 따라 유동적, 즉흥적으로 하는 것이 편안한 P유형이었다. 계획을 미리 세워놓는다는 건 숨이 막혀 갑갑해지는 유형이다.

또 합리적, 이성적 논리로 판단하는 T유형인 그와,

마음이 끌리는 대로, 좋으면 하고 싫으면 안 하는 F유형인 남편과의 충돌 사례.

싸우고 화해하고 싸우고 화해하고를 오래 반복하다 보면 골이 깊어져 화해의 속도도 점점 늦어지게 된다. 진하게 싸우고 냉전이 며칠 이어지던 어느 날, 친정어머니 생신이라 주말에 형제자매들이 다 같이 모이게 되는 날이 다가왔다. 말하기 싫지만 공과 사는 구분해야 하니 남편에게 내일 어떻게 할 거냐고 물었다. 자기는 안 간다는 냉랭한 답이 돌아왔다. 그게 말이 되느냐고, 온 가족이 다 모이는데 우리만 빠질 수 없지 않느냐는 말도 통하지 않았다. 결국 그날 그만 혼자 참석해서 남편이 멀리 출장 갔다는 석연찮은 변명과 함께 우울한 잔치를 하고 왔다. 며칠 후 남편과 화해하면서 어떻게 그럴 수 있느냐, 왜 안 갔느냐고 물으니 "그냥"이라고 한다. 그럼 어떻게 하느냐고 추궁하니 그때는 기분이 나쁘기 때문에 "될 대로 되라지!"라는 마음이었다고 한다.

뭐든 이성과 논리가 지배해 옳고 그름을 따지는 그에게 감성이 우세해 기분이 좋고 나쁘냐에 따라 행동이 이어지는 남편이 도저히 이해도 용서도 되지 않던 수수께끼가 풀리던 날이었다. '마음을 이렇게 먹어야지, 저렇게 먹어야지...'라는 말이 말도 안 되는 말이었구나 깨달았다. 나만 옳다는 주착이 상대를 틀렸다로 몰아붙이며 상극으로 가는 삼계화택이었음을 심리학의 간단한 한 부분만으로도 깨칠 수 있었다. 신기하고 기적 같은 세계였다.

　지금 생각해보면 남편과 이혼을 앞두고 마지막으로 접하게 된 심리학, 부부 사이에 놓였던 상극의 길을 상생의 길로 방향을 확 바뀌놓았던 이정표였다. 이리될 줄 그때는 몰랐다.

상담심리학과 대학원에 입학하다

이런 공부를 더 하고 싶어 유명한 집단상담 캠프를 돌아다니며 공부를 하다 보니 감질나서 아예 대학원으로 진학을 했다. 신라대학교 교육대학원 상담심리학과에 입학해 심리학을 전문적으로 공부하다 보니 그가 살아온 지난날들이 환하게 해석이 되었다. 또한 그가 맞닥뜨린 많은 생각들이 편집, 분열, 경계, 강박, 의존, 회피 등의 이름이 붙은 심리적인 문제로도 보였다.

"아... 그동안 내가 많이 아팠구나. 우울증이 올 수밖에 없었구나. 나도 사느라 고생이 참 많았구나."

남편과의 불화가 어디서 왔는지도 보였다. 어린 시절 양육과정에서 고착된 심리적 기제가 의존이었음도 해석됐다. 남편에 대한 감정을 그는 사랑이라고 생각하고 있었지만 사실은 지독한 의존의 문제로 보였다. 역설적으로 그 사실을 보고 나니 독립적으로 우뚝 설 수 있겠다 깨달아졌다.

그는 다섯 남매의 막내로 태어나 온갖 귀여움을 다 받고 모든 욕구는 언니 오빠가 다 해결해주어 본인은 가만히 있어도 되는 사람이었다. 바로 위 오빠와도 다섯 살 차이다 보니 그 위로 언니 오빠들은 열 살이나 차이 나는 까마득한 사람들이었다. 어려서부터 언니 오빠들은 맛있는 음식 먹으러 갈 때 그를 데리고 다녔고 심지어 언니가 데이트할 때도 따라다니며 예비 형부의 귀여움을 받았다. 고등학교, 대학교를 다닐 때도 대중목욕탕에 가면 언니가 다 씻겨줘 그는 아무것도 하지 않아도 되었다.

아이 엄마가 되어 기본 살림을 다 하고 있는데도 가끔 친정 제삿날에 가면 음식 준비에서 밀려났다. 일할 사람이 많고 잘하지도 못한다고 나가 놀라고 했다. 집 안은 시끌시끌 바쁜데도 그는 어린이 놀이터에서 딸을 돌보며 그네를 타고 있었다.

자라는 동안 그는 오직 공부만 하면 됐고 모든 집안일들은 누군가는 할 사람이 있었다. 방에 빙 둘러앉아 음식을 먹을 때도 맛있는 것은 마지막까지 그의 차지였고 그가 없을 때도 꼭 남겨 뒀다가 그에게 안겨줬다. 세상은 모두 그를 중심으로 돌아가고 있었고, 그를 간섭하거나 요구하는 사람도 없어 그는 하고 싶은 대로 하고 살았다. 그가 가는 길에 걸림돌은 오직 가난밖에 없었다. 사실 가난도 별로 문제가 되지 않았다. 당시는 다 비슷비슷하게 살았고 그렇게 사는 것이 당연한 것인 줄 알았기에 크게 걸림돌이 되지 않았다.

그렇게 살아온 세월은 그에게 독선을 남겼다. 자신이 하고 싶은 일은 당연히 해야 하는 것이며 자신은 가만히 있어도 주변에서 그를 챙겨줘야 했다. 본인 스스로 서지 못하고 상대의 반응에 따라 본인의 동력을 이끌어내는 지독한 의존이 또아리를 틀고 있었다는 사실을 심리학을 공부하면서 찾아냈다.

칠부 소매 코트를 입을 수 있다니!

대학원을 다니면서 심리학적으로 자신을 더 깊이 알고 싶다는 욕구로 신경정신과를 찾아 개인 분석도 1년쯤 받았다. 50분 상담에 매회 10만 원, 초반에는 거의 매일 가다가 나중에는 일주일에 한 번 가게 되면서 약 천만 원을 쏟아 부었다. 20년 전이라 큰돈이었지만 당시에는 자신을 알고 싶다는 강렬한 욕구로 돈이 아까운 줄도 몰랐다.

지금 돌아보면 비용 대비 얻은 소득은 별로 없어 좀 아깝기도 하다. 그래도 정신분석을 받으면서 알게 된 사실은 두 가지가 있다.

하나는 그가 칠부 소매 옷이나, 칠부 바지를 싫어하는 이유를 발견했다는 사실이다. 소매와 다리가 껑충한 칠부 소매의 윗옷이나 바지가 유행할 때면 경쾌한 세련됨에 그도 참 입고 싶은 패션이었다. 그러나 남들이 입었을 때는 그렇게 멋있는데도 본인이 입고 거울을 보면 왠지 어색하고 어울리지 않는 것 같아 늘 돌아서고는 했다. 그러면서 자신이 키가 커서 짤막한 스타일은 어울리지 않는구나 알고 있었다.

선생님과 상담 도중 중학교 시절의 아픔이 트라우마였음을 알았다. 집이 가난해 그의 어머니는 늘 돈을 아껴야 한다고 했다. 중학교 입학을 하는데 이모가 입던 낡은 교복을 그에게 안겼다. 낡은 것까지는 괜찮은데 이모는 키가 작았고 그는 학급에서 1, 2위로 키가 껑충 컸다. 치마는 짧아 무릎이 드러났고 윗옷은 소매가 짧아 손목을 가려주지 못했다. 딱 칠부 소매였다. 게다가 그는 중학교 때 선도부장이어서 매일 교문 앞에 서서 등교하는 학생들의 복장 상태를 검사하는 사람이었다. 교문 앞에 서 있으면 수많은 학생, 선생님, 친구들이 지나가는데 짧은 교복이 그렇게 부끄러웠다. 늘 소매를 끌어내려 손목을 감추고, 치마는 허리를 내려 입어 가능한 길어 보이게 하려고 애썼지만 별로 소용은 없었다.

지금 생각해보면 참 아픈 이야기인데도 어쩐 일인지 그는 집에 가서 한 번도 투정을 부리지 않았다. 개인분석을 받으면서 처음 발견한 추억(?)이라 오랜만에 친정에 갔을 때 어머니께 그런 일이 있었노라고 이야기를 꺼내봤더니 어머니는 전혀 기억도 못하고 있었다. 그냥 이모 교복을 잘 입고 다닌 줄 알고 있었다. 그 스스로도 신기했다. 참 슬픈 이야기인데도 왜 슬프지 않았을까. 한창 사춘기 중학생이 외모에 목숨 걸던 시기의 아픔인데 말이다. 늘 어머니가 고생한다 싶으니 자신의 고충은 말하면 안 된다는 신념이 내재돼 있었기 때문이 아니었을까.

아픔은 있으나 속으로 눌러야 하니 칠부 소매를 입지 못하는 트라우마로 남았다는 사실을 발견했을 때 그는 그렇게 통쾌할 수가 없었다. 그의 행동 속에 이런 심리가 들어 있음이 학문으로 해석된다는 사실이 그렇게 신기했다. 손뼉을 치며 반가워했다. 이제 칠부 소매가 어색하지 않았다. 10년 동안 가장 애정했던 파란 색상의 칠부 소매 겨울 외투를 아직도 잊지 못한다. 소매가 짧아 한겨울에는 추워 외투의 기능을 못 해도 예뻐서 마르고 닳도록 입고 다녔다. 옷 입는 데 걸림이 없는 자유로움을 만끽하는 즐거움이었다.

또 한 번은 선생님과 대화를 나누는 도중, 선생님의 질문에 대한 대답. 지금은 아이가 어려 시어머니와 함께 살고 있지만 오랜 세월이 지나면 시어머니와 친정어머니 두 분과 다 함께 살아가야 할 테니 집은 넓어야 하고... 등의 이야기를 하는데 선생님이 왜 친정어머니와 같이 살아야 하느냐고 물었다. 언니, 오빠가 네 명이나 있는데도 그는 자신도 모르게 친정어머니는 당연히 자기가 모셔야 한다고 생각하고 있었다는 사실이 놀라웠다. 한 번도 의심해보지 않았다는 사실도 놀라웠다.

'그렇구나. 당연히 내가 모셔야 하는 것이 아니구나.'

그때부터 그는 어머니와 자신의 밀착에 대해 다시 바라보기 시작했다. 막내로 태어나 어머니는 그를 애지중지 아꼈다. 어머니와 가장 밀착돼 있다 보니 당연히 어머니의 고통이 그의 고통이고 그의 미래에는 어머니가 늘 함께 있었다. 지금도 사진첩을 뒤져보면 그가 딸을 키우면서 나들이 가는 장면에는 두 분의 어머니가 나온다. 시어머니야 육아 담당이었기 때문에 당연하지만 나들이 갈 때마다 친정어머니도 함께였다. 그는 부산에 살고 있었고 친정어머니는 창원에 거주하고 있었음에도 나들이에는 꼭 함께였다.

이 밀착이 이후에 그가 겪어낸 어머니 미움 경계의 원인이자 그를 지독하게 괴롭히고 치열히게 공부시켰던 근원이었음을 그때 처음 발견했다. 자식은 부모를 모시는 것이 당연한 것이 아닐 수도 있음을 깨달았다. 그것이 심리적 기제임을 발견했을 때도 신기하고 후련했다. 그렇게 심리학은 그에게 매우 매력적이었다.

남편에게 큰절을 하다

심리학 공부가 그렇게 재밌었고 자신을 괴롭히고 있는 모든 문제가 해석됨을 몸으로 체험하면서 삶도 훨씬 가벼워졌다. 원인이 보이니 해결책도 보였고 무게도 덜어졌다.

남편을 너무 사랑해서 밤에 헤어지기 싫어 결혼했지만 결혼하고 보니 남편은 딴사람이었다. 연애할 때 남편에게는 친구도, 동료도, 가족도 없이 오직 그만 존재했다. 이 사람은 비교적 가정적이겠구나 싶어 결혼해도 괜찮겠다 판단했는데 결혼하고 보니 본색이 다드러났다. 그동안 연애하느라 스톱해놨던 모든 사회적인 네트워크가 동시에 다 나타났다. 모임도 그렇게 많고 취미 생활도 어찌나 다양한지 몸이 열 개라도 모자랄 사람이었다. 달력의 빨간 날과 방학은 모두 산으로 들로 나가고 집에 없었다. 평소에는 테니스 하느라 늘 늦었고 주말이나 공휴일에는 산악회 핵심 멤버로 설악산이다 지리산이다 암벽 등반하러 코빼기도 볼 수 없었다.

오직 그를 사랑하고 그만 챙겨줬던 남편은 자꾸

나갔다. 남편은 그의 눈치를 보느라 지키지 못할 약속을 허다하게 했다가 깼다가 무릎 꿇고 빌기를 반복하며 숨어 다녔다. 이번 주말에 남해에 드라이브 가자고 했던 약속은 행글라이더로, 스쿠버다이빙으로, 낚시로 깨버렸고 밤늦게 집에 들어와 그에게 썼던 각서는 수십 장이 넘었다. 그렇게 수십 장의 각서가 휴지 조각이 되어가면서 공격하던 그도, 쩔쩔매던 남편도 지쳐갔다.

남편은 각종 스포츠 취미 외에 잡기도 골고루 다 맛을 봐야 했다. 그중에서도 '훌라'라고 하는 포커 게임은 오랫동안 남편을 지배했다. 밤을 꼬박 새우고 아침에 들어오거나 아예 바로 출근해버리는 날도 늘어갔다. 당시는 휴대폰이 없던 때라 오직 집 전화기만 바라보고 애를 태우기가 일상이었다. 밤이 되면 집에 들어오는 것이 당연하고 남편은 가정에 충실해야 하고... 이 원칙을 헌신짝처럼 지키지 않는 남편이 이해도 용서도 되지 않았고 분노가 쌓여갔다.

어느 겨울, 밤새 남편을 기다리는데 점점 화가 끓어 올랐다. 망념에 망념이 불을 질러 올라오는 분노를 주체할 수가 없었다. 가위를 갖고 와 아랫목에서 덮고 있던 차렵이불(솜이불보다는 얇지만 두꺼운 겨울 이불)을 자르기 시작했다. 창문으로 환하게 아침이 밝아올 때쯤 되니 이불이 갈기갈기 찢어져 솜이 나뒹굴었다. 며칠 후에 둘이서 화해하고 이불을 어떻게 처리해야 할지 고민에 빠졌다. 당시는 쓰레기봉투라는 것이 없었고 새벽에 쓰레기차가 오면 작은 쓰레기통을 아저씨에게 줘서 비워내던 때다. 온 동네 사람이 다 나와서 쓰레기차에 모여드는데 거기다 이불을 버릴 수는 없었다. 둘이서 차를 몰고 한적한 교외로 나가서 이불을 불에 태우며 낄낄거렸던 기억이 아프게 남아 있다. 참고로 이불 하나를 태우는 데 몇 시간이 걸렸다. 솜이 그렇게 오래 타는지 아는 사람 있을까?

한 번은 너무 화가 나서 TV리모컨을 벽에 집어 던졌더니 산산조각이 나면서 깨져버렸다. 당시는 리모컨이 처음 나오던 시대라 TV 한 대에 리모컨이 하나밖에 없어 구하기 어렵던 때다. TV를 샀던 전자 상가에 가서 리모컨 사러 왔다고 했더니 없다고 하면서 리모컨만 따로 사러 오는 사람을 처음 봤다고 했다. 그러면서 가게를 나서는 그들의 뒤통수에 대고 자꾸만 물었다. 리모컨이 왜 깨졌냐고?

분노가 폭발하면 그는 자주 물건을 던졌다. 화해 이후에는 설거지가 늘 골칫거리였다. 부부 사이의 불화가 늘면서 똑같이 느는 것은 뒤처리 힘들지 않게 물건을 깨는 방법이었다. 유리컵을 던질 때 싱크대를 향해 던지면 비교적 유리 조각 치우기가 쉬웠다. 아이러니하게도 너무 화가 나서 물건을 깼는데도 물건을 깨고 나면 화가 더 증폭되었다. 그래도 그는 화를 멈출 수 없었다.

그렇게 그는 자꾸만 남편을 손바닥 안에 넣으려고 했고 그럴수록 남편은 더욱 들어오지 않았다. 임신이 잘 안 돼 신혼 아닌 신혼 생활이 10년 동안 이어지면서 그는 갈수록 외로웠다. 혼자서 보내는 휴일이 늘어갔고 귀가하지 않는 남편을 기다리며 밤을 꼬박 새우기를 반복하면서 서로 지쳐갔다. 화내고 따지고 추궁하는 그도, 부드러운 성격이지만 절대로 본인 욕구를 포기하지 않는 남편도 갈등이 깊어지면서 서로 냉랭해져 갔다. 대화는 급격하게 줄었고 같이 살아야 할 이유도 찾기가 어려워졌다.

딸이 여섯 살쯤 됐을 때 드디어 둘은 이혼을 결정했다. 서류 준비를 다 해놓고 마지막으로 참가했던 신라대학교 가족상담센터의 부부상담 5회기가 방향을 바꿔버렸다. 이후에 심리학 공부를 하고 전국의 집단 상담을 찾아다니기도 하고 개인분석도 받으면서 그는 자신과 맞닥뜨렸다. 늘 상대를 향해 날렸던 화살이 사실은 자신의 문제였음을 알게 된 것이다. 어느 날, 용타스님이 진행하는 동사섭을 다녀오는데 그동안 머리로 알았던 자신의 모습이 가슴으로 쑥 내려오는 걸 느꼈다. 지독한 독선과 지독한 의존성으로 똘똘 뭉친 그를 정면으로 바라보니 그런 그와 살아오느라 고생한 남편이 다 보였다. 그리고 참 고마웠다.

집에 돌아와 남편을 앉혀놓고 어색하지만 절을 받아달라고 했다. 그동안 잘못한 게 너무 많아 용서를 구할 염치도 없지만 그와 살아준 남편이 감사하다며 큰절을 세 번 했다. 그리고 이혼할 것인지 말 것인지는 남편의 뜻에 따르겠다고 했다. 남편은 당황하며 어색해 어찌할 바를 몰랐지만, 그렇다고 그동안의 앙금이 눈 녹듯이 사라지는 것은 아닌 것 같았다. 어쨌든 이혼서류는 유야무야 넘어가며 서랍 속에서 낡아갔다.

무거워도 너무 무거운 심리학

심리학 공부를 하면서 자신에 대해 많은 것을 깨닫게 됐지만 이전에 지어놓은 인과는 고스란히 드러나고 있었다. 딸이 초등학교에 들어갈 무렵 여러 가지 틱장애를 앓아 지켜보는 그를 아프게 했다. 남편과의 불화 속에 집안 분위기는 냉랭하고 자신의 분노로 인해 어디로 튈지 모르는 아슬아슬한 심리 상태로 키워온 딸은 온몸으로 아파했다. 코를 쿵쿵거리거나, 어깨를 들썩이거나, 눈을 깜빡거리는 등의 복합 증세를 보이는 딸을 보며 그는 아무것도 할 수 없었다. 대학원 다니면서 이상 심리에 대해 배웠고 어린아이들의 우울증인 틱장애는 하지 말라고 간섭할수록 더 심해지게 되니 말없이 지켜보는 수밖에 없었다.

대학원에서 배운 심리학에 따르면 지금 그의 딸은 온통 엉망진창이 돼 있었다. 만 6세가 되기 전까지 주요 양육자의 양육태도가 아이의 일생을 결정한다고 하니 이보다 더 무거운 바윗덩어리가 어디 있겠나. 그의 딸이 여섯 살이 될 때까지의 과정은 치열한 부부싸움으로 서로 생채기를 내던 시절이라 아이에게 미쳤을 어두운 그림자는 불 보듯 뻔했다. 이리저리 설명하지 않아도 이미 아이는 온통 복합 틱장애로 다 보여주고 있었다.

그의 머리를 무겁게 누르는 암울함... 그럼 사랑하는 딸은 앞으로 어떻게 될까? 성격도 형편없고 자신감도 부족하고 늘 눈치 보고 소극적이고 엉망으로 자라겠구나. 자신이 아이를 다 망쳐놨구나. 앞으로 아무리 노력한다 해도 이미 형성돼버린 아이의 성향을 되돌릴 길이 없구나. 자신이 도대체 무슨 짓을 했단 말인가. 모든 것은 결정돼버렸구나. 희망이 안 보였다.

3
'나'로 방향을 틀다

마음공부가 뭐지?

      인간의 마음을 공부하고 연구하는 심리학 공부는 매우 즐거운 일이었다. 그의 핵심감정이 의존임을 발견한 것도 큰 성과였다. 하지만 학문을 공부하는 것이 곧 마음을 아는 것은 아니라는 것을 느꼈고, 아는 것은 많아지지만 아는 것만큼 그의 마음이 다스려지는 것은 아니었기 때문에 조금씩 갑갑하던 때였다.

  심리학을 만나면서 자신이 맞닥뜨린 많은 문제들의 원인은 보였으나 해법은 보이지 않았다. 그가 주로 만나는 마음의 지점들이 어디서 왔는지 알게 되면서 저절로 해결된 문제도 많았다. 남편에게 원인이 있는 것이 아니고 그의 마음에 모든 원인이 있음을 알게 되면서 자연스럽게 이혼도 할 필요가 없어졌다. 지독한 의존과 내 마음대로 하고 싶은 탐욕이 남편을 옥죄었고 그럴수록 더 빠져나갔던 부작용도 환히 다 보였다.

원인이 보이니 문제 행동들이 많이 줄어 집안에 평화도 왔다. 그가 겪은 문제의 절반쯤은 해결됐다. 그러나 늘 한계는 뚜렷했다. 딱 거기까지였지 더 이상 진도는 나가지 않았다. 남편을 보는 그의 마음에는 그래도 사랑받고 싶은 의존의 마음이 내려놔지지가 않았고 원인이 자신에게 있음을 알기에 마음은 더 무거웠다. 아는데 왜 안 되는지. 게다가 아이를 다 망쳐놨다는 절망감은 무게가 너무 무거웠다.

그래도 심리학과 상담은 그를 지탱하는 힘이었기 때문에 늘 공부를 찾아다녔다. 그의 절친 두 명도 똑같이 심리학 공부를 해 셋은 늘 만나기만 하면 심리상담 이야기였다. 그런데 그중 한 명인 A가 어느 날부터 자꾸만 다른 이야기를 했다. A는 대학원을 졸업하면서 논문을 쓰기 위해 원불교 마음공부에 깊이 들어가면서 점점 관심권이 옮겨갔다. 그 친구는 만나기만 하면 많은 말들을 쏟아냈는데 그에게는 너무나 생소했다. 자신들이 함께 관심 기울이고 있는 심리상담 이야기를 더 하고 싶은데 친구는 자꾸 딴 데를 보고 있었다.

평소 남편의 지적질(?)에 상처받고 삐져 며칠 동안 입을 닫아버리는 친구 A의 패턴 이야기는 수도 없이 들었는데 그날은 전혀 다른 이야기를 했다. 마트에서 장을 보고 들어서는 친구를 향해 남편이 장바구니를 보며 비싸게 샀다고 툴툴거렸다. 세상 물정에 어둡다며 아직도 그걸 모르냐고 핀잔을 들은 친구는 평소처럼 가슴에 화살을 한 대 맞았다. 그런데 이번에는 달랐다. 상대에게 꽂혀 '당신은 말을 왜 그렇게 하느냐, 나를 무시하지 말라'는 분노로 속을 끓였을 텐데 그날은 전혀 다른 말을 했다.

"남편 말을 듣고 상대에게 달려가던 마음을 멈추고 내 마음을 들여다봤다. 내가 나를 비난하는 말로 들었음을, 말은 늘 부드럽게 해야 한다는 내 주착심이 보이더라. 남편과 상관없는 내 마음이더라. 신기하게도 요란함이 쑥 내려가더라."

처음에는 그 말을 알아듣지 못했다. 늘 문제가 생길 때면 상대의 핵심 역동, 나의 핵심 역동, 성장과정의 트라우마 등 과거를 들고 와서 해석하거나 이론에 꿰 맞춰 이해하는 방식으로 해결하다가 이 모든 것이 필요없고 현재 자신의 마음만 들여다보면 된다는 말이다. 자신의 핵심역동을 잘 알지만 거기까지이고 현재 자신을 괴롭히고 있는 요란한 마음은 해결되지 않던 문제가 해결될 수도 있다는 신기한 사실이었다.

멈추고 '나'에게로

친구의 말은 너무 어려웠다. 학문으로 해석하면 선명했지만 친구가 들고 오는 원리는 늘 추상적이라는 느낌이 강했다. 그러나 상관없었다. 친구가 좋아 친구가 가는 곳이면 다 따라다녔기 때문에 그는 친구가 이끄는 대로 자신도 모르게 끌려들어 갔다.

한 번은 경주화랑고에서 2박 3일 동안 마음공부 훈련이 있다고 해 따라갔다. 원불교 색채가 낯설었고 훈련에 참가하는 동안 무슨 말인지도 못 알아들으면서 이질감만 잔뜩 느끼고 왔다. 또 여름방학 교사 연수 프로그램이 있어 영산선학대학교에서 열린 훈련에도 따라갔다. 처음으로 '마음'을 들여다본다는 말이 무엇인지 알 것 같았다.

특히 제사보다는 젯밥이라고 연수보다는 연수 진행 운영진들의 정성에 더 눈이 갔다. 4일 동안 미무르면서 하루 세끼 식사는 매우 정갈했고 매 수업 마치고 쉬는 시간마다 휴게실에 준비되어 있는 간식이 감동적이었다. 한여름 더위를 피해 매실청 주스나 식혜를 얼려놨다가 연수생들이 나오는 시간에 딱 맞게 녹도록 준비해뒀다. 흔한 종이컵을 전혀 사용하지 않고 수십 명이나 되는 연수생 숫자에 맞춰 각종 머그컵을 끌어모아 정갈하게 씻어 엎어놨던 장면은 감동적이었다. 짧은 쉬는 시간 연수생들이 마시던 음료수 컵을 놔두고 강의실에 들어갔다가 다음 시간에 나와 보면 깨끗이 씻어져 있었다.

20년 전쯤이라 환경에 대한 의식이 별로 없던 시대인데도 자연을 공경하는 태도를 보며 이 종교가 참 괜찮다는 생각이 들었다. 강의실 앞 현관에 차곡차곡 정리돼 있는 실내화 옆에 '실내화 부처님' 잘 챙겨달라는 문구며 각자 먹은 식기는 본인이 설거지 하도록 돼 있는 시스템 등 모든 것이 마음에 들었다. 이후부터 원불교라는 종교에 관심이 푹 옮겨갔다.

영산선학대학교 연수를 마치고 돌아오면서 본격적으로 공부방에 참가하기 시작했다. 당시에는 정인성 님이 이끄는 부산 방언회 공부방이 운영되고 있어 매주 일요일 오후 6~7명이 모여 공부하고 있었다. 원불교 교도가 아니었던 그는 종교 의식을 피해 모든 것이 종료된 시간에 맞춰 서면교당을 몇 년간 들락거렸다.

원래는 없건마는

마음공부방을 다니면서 그는 새로운 세계에 눈이 뜨이기 시작했다. 심리상담 공부로 절반 정도의 문제는 해결됐으나 그다음 진도가 나가지 않았고 삶에는 늘 요란함이 그를 괴롭혔다. 특히 그가 꽉 잡고 있는 아이 문제는 심리적인 해석만으로는 먹히지 않았다. 성장과정에서 고착된 핵심역동을 다 알겠지만, 그래서 뭐? 알고 있지만 현실은 늘 이런저런 충돌로 괴로웠고 점점 자라가는 아이는 심리적으로 건강해 보이지가 않아 늘 걱정이었다.

에니어그램 1번 유형, MBTI INTJ 유형인 그의 특성은 곳곳에서 충돌을 빚어냈다. 원인을 다 알고 해석도 되지만 삶에서 실천이 되지 않았다. 더 괴로웠다. 차라리 모를 때는 마음대로 내질러버리고 부숴버리면 됐지만 자신의 역동을 다 알면서도 경계를 만나면 그대로 요란해지는 반복이 늘 불편했다.

그 불편함이 공부방을 나가면서 하나씩 해결됐다. 마음일기를 써보면 일단 그의 마음이 객관화가 되면서 이미 분노가 쑥 내려가 버리는 효과가 있었다. 심리상담공부를 하면서 알게 된 글쓰기 치료가 바로 이것이었다. 마음일기를 써도 해결되지 않는 문제는 공부방에 가서 도반과 스승의 문답감정으로 해결했다. 그렇게 자신의 갈등이 하나씩 정확하게 보이는 것은 지금까지 겪어보지 못한 또 다른 경이로움이었다. 심리학을 처음 만났을 때의 그 경이로움을 똑같이 느꼈고 심리학보다 더 강력하고 근원적인 방법임을 점차 깨닫게 됐다.

이후 그는 마음공부방 공부에 푹 빠졌고 그토록 문제가 많아 보였던 아이의 심리도 건강하게 회복됐다. 그가 본래의 그로 돌아오면서 모든 것이 평화로워졌고 엄마가 평화로워지니 아이는 저절로 평화롭게 자랐다. 한동안 겪었던 고통을 딛고 편안한 분위기로 따뜻하게 자라니 아이는 회복이 빨랐다. 심리학에서 만 6세까지 모든 것이 형성된다는 원리가 맞지 않을 수도 있음을 뼈저리게 확인했다.

마음공부방 공부를 10여 년 하면서 심리학 공부에서 미진했던 절반의 문제가 완전히 해결됐다. 모든 것이 자신의 마음에 원인이 있었음을 알게 되면서 상대의 어떤 말이나 행동도 그에게 영향을 끼칠 수가 없음을 깨달았다. 여전히 바깥으로 도는 남편이지만 그에게는 전혀 괴로움을 주지 않았다. 결혼 20여 년 동안 겪었던 수많은 경계들이 결국 남편에 대한 기대, 남편을 보는 상이었음을 알게 됐고 그 기대와 상이 자신에게 있었음을 알게 된 순간 저절로 모든 기대와 상이 내려갔다.

남편에게 어떠한 기대와 상도 없이 있는 그대로 원점에서 남편을 보게 되니 남편에 대한 불만이 전혀 생기지 않았다. 불만이 없으니 마음이 평화로웠고, 마음이 고요해지니 남편의 아픔이 눈에 보이기 시작했고, 그 아픔을 어루만져줄 정성이 저절로 솟았다. 그가 달라지니 남편도 달라지기 시작했다. 어떻게 하면 그를 더 도와줄 것인지, 더 위해줄 것인지 노력했고, 바깥 활동도 적절하게 조절하기 시작했다. 그야말로 신혼이 다시 왔고 집안 분위기가 따뜻해지니 아이도 잘 자라 그 유명한 사춘기도 비교적 무난히 질 넘겼다.

처음 공부를 배우면서 얼마나 경이로웠던지, 그를 둘러싼 현실은 그대로인데 삶이 훨씬 더 행복해지고 풍요로워질 수 있다는 사실을 체험하면서 이후 마음공부에 푹 빠져서 벌써 17년째다.

그의 나이 마흔여섯, 2008년부터 마음공부방에 나가기 시작했고 2~3개월 후 마음공부 입문 소감을 발표할 기회가 있었다. 그때 마음에서 우러나 기쁘게 발표했던 내용이다.

안녕하세요?

저는 원불교 교도는 아니구요, 굳이 종교를 이야기하자면 가톨릭, 즉 성당에 다닌다고 할 수 있습니다. 그런데 제가 어째서 이곳 원불교 서면 교당을 일요일마다 오고 있는지, 그 사연을 들려드리고 싶습니다. 은혜단 공부인 중에서 혜인님이 제 친구인데, 이 친구가 지난 여름 경주화랑고에서 열리는 마음공부 정기 훈련에 같이 가자고 권유를 했습니다. 이 친구는 몇 년 전부터 심리상담공부를 같이 해왔는데 어느 때부터 갑자기 저보다 훨씬 진도가 빨라지고 있는 것이 눈으로 보였습니다.

내가 자기보다 머리가 더 나쁜 것도 아니고 공부를 못하는 것도 아닌데, 나는 아직 고통의 마음 밭에서 허우적거리고 있는데 친구는 눈에 띄게 달라지고 있었습니다. 즉 원불교 마음공부를 시작하고부터 직장이나 남편, 아이 어느 곳에서나 마음을 잘 다스리고 사용하고 있는 모습이 무척 부러웠습니다. 그런 친구가 그 마음공부 정기 훈련에 같이 가자고 하기에 흔쾌히 따라갔습니다.

그곳에서 3일간 공부를 해보니 이 마음공부를 본격적으로 해보고 싶어졌습니다. 그래서 부산에 돌아오는 그 주일부터 일요일마다 방언회 마음공부방에 나오게 되었습니다. 처음에는 어떻게 일기를 써야 하는지도 잘 모르겠고 부담도 많이 됐습니다. 그런데 한 번씩 참가할 때마다 마음이 훨씬 편안해져가는 푸근함이 있었습니다. 가톨릭 교도인 제가 원불교 관련 공부를 한다고 가족이 우려했지만 공부원리를 보니 특정 종교가 아닌 심리학처럼 마음의 원리를 공부하는 곳이더군요. 배우기를 좋아하는 저의 특성과 딱 맞아떨어졌고 심리학보다 공부 효과가 훨씬 더 크다는 사실이 좋았습니다.

사실 저는 직장 다니랴 집안 살림하랴 아이 키우랴 몸이 많이 힘듭니다. 그래서 일요일 하루는 밀린 일 처리하고, 낮잠 자고, 아이 데리고 목욕 가고 하는 일로 일주일을 살아갈 힘을 얻습니다. 만약 무슨 일로 일요일 하루 동안 집을 비우면 일주일이 몹시 피곤합니다. 그런데 9월부터 매주 일요일마다 집을 나오게 되니 몸은 매우 힘이 들지만 마음은 날아갈 듯합니다. 그래서 일요일이 기다려지고 일요일마다 공부방에 나오는 일로 일주일을 살아가는 에너지를 얻습니다. 한 번은 일요일 가족 행사가 있어서 못 오게 되는 날이 있었을 때, 너무 아까워 어찌할까 고민하다 단장님께 개별적으로 토요일 한 번 더 모임을 하게 해달라고 부탁하기도 했었습니다. 매우 바쁘신데도 흔쾌히 집으로 불러서 공부를 하게 해주신 인성님께 지금도 매우 감사하게 생각하고 있습니다.

'경계'를 배웠습니다. 심지는 원래 고요한데 나는 원만구족하고, 나는 부처인데 그동안 경계에 속아 수없이 넘어졌다는 것을 배웠습니다.

저는 퇴근해서 부지런히 달려가도 집에 가면 7시쯤 됩니다. 그때부터 열심히 저녁 준비를 다 하면 8시쯤 되고 몸은 녹초가 됩니다. 빨리 밥 먹고 씻고 자야지 하는 마음으로 피곤한 몸에 위로를 보내고 있는데 남편이 안 옵니다.

30분쯤 기다리면 화가 나기 시작하고, 나도 배고프고 아이도 배고프고 하는 상황이 계속되다가 남편이 집에 딱 들어서서 얼굴을 보는 순간 화가 폭발하여 남편 얼굴에다 대고 왜 이리 늦게 오느냐, 전화라도 하면 어디가 덧나느냐, 나는 집에 가만히 앉아서 밥만 하는 사람인 줄 아느냐, 나도 직장에서 당신과 똑같이 일하다 온 사람이다 등의 유세까지 쏟아냅니다.

그러면 남편은 처음에는 좀 미안한 마음으로 들어섰다가 제가 쏟아낸 말들로 오히려 더 화가 나서 그때부터 냉전이 시작됩니다. 덩달아서 아이도 어색해져서 세 명이서 아무 말 없이 밥만 꾸역꾸역 넘깁니다. 그러면 그날 애써서 만든 음식들이 좋은 기로 가지 못하고 온갖 영양소들이 제 기능을 못하게 됩니다. 이런 일들이 몇 년 동안 수없이 반복되어 왔습니다.

그런데 마음공부를 하고 난 후, 배운 대로 해봤습니다. 앗! 경계다. 여기서 멈춰보자. 그리고 내 마음을 보자. 아, 내가 지금 화가 나는구나. 원래 나는 원만구족한 부처인데, 남편도 부처이고 아이도 부처인데 지금 몸이 힘들고 피곤하다는 경계가 왔구나. 경계에 속지 말자, 경계에 속지 말자, 하고 마음을 돌리고 보니 남편의 상황이 눈에 확 들어왔습니다.

남편은 매일 퇴근 후에 테니스장에 들렀다가 집에 오면 8시가 넘고, 그날은 하다 보니 조금 더 늦을 일이 있었던 것 같고, 그래서 집에 들어오면서 미안해했고 그런데 나는 내가 얼마나 힘든지 남편한테 인정받고 싶었고 그런 마음 때문에 과하게 화가 났었구나 하는 사실이 보였습니다. 아, 나는 아직도 막내로 자란 내 습성 때문에 내가 힘든 일이 있으면 상대방이 다 알아줘야 하고 미처 알아주지 못할 때는 내 마음을 보려고 하지 않고 남편에게 화로 쏟아냈었구나. 그동안 이런 나 때문에 남편이 고생도 참 많이 했겠구나, 하는 마음이 들면서 많이 미안해졌습니다.

또 이런 일도 있었습니다. 우리 아이는 5학년인데 책은 거의 안 읽고 텔레비전이랑 컴퓨터를 너무 많이 해서 가족회의 결과 일주일 중에 이틀, 하루에 1시간씩 하기로 약속되어 있습니다. 그런데도 퇴근해서 집에 딱 들어서면 컴퓨터에 앉아, 그것도 눈을 컴퓨터 모니터에 바짝 들이대고 열심히 들여다보고 있습니다. 순간 화가 팍 올라옵니다. 왜 이리 약속을 안 지킬까, 커서 뭐가 되려고 저럴까, 저러다 눈 다 버리는 것 아니야, 저렇게 컴퓨터 많이 하면 폭력적인 아이로 변하는 거 아닐까, 책을 많이 읽어야 좋은 건데 저렇게 컴퓨터만 보면 책 읽는 습관은 언제 생기겠나, 숙제는 틀림없이 안 했을 거야... 등으로 화가 납니다. 독기를 품고 말합니다.

"너 오늘 컴퓨터 하는 날 아닌데 왜 하는 거야, 엄마 없을 때 매일 했지? 안 봐도 다 안다. 너 이런 식으로 약속 안 지키면 컴퓨터에 비밀번호 걸어서 잠가버릴 거야, 이놈의 컴퓨터를 확 부숴버리든지 해야지. 어이구 내 팔자야."

그러면 아이는 억지로 컴퓨터를 끄지만 엄마에게 불만이 가득합니다. 그렇지만 다음 날 보면 같은 일이 또 되풀이 됩니다. 마음공부에서 배운 대로 해봤습니다. "앗! 경계다. 멈추고 마음을 보자." 나도 부처이고 아이도 부처인데 컴퓨터 경계가 왔구나.

마음을 봤습니다. 내가 왜 이리 화가 날까. 그것은 저의 죄책감이었습니다. 직장 다니느라 퇴근이 늦고 또 모임이 많아 집에 와서 얼굴도 보지 못하고 자는 날이 많다 보니 내가 엄마 역할을 제대로 못 한다, 그래서 늘 나는 잘 못한다 하는 죄책감 때문이었습니다. 이런 죄책감이 커서 아이에게 과하게 화가 올라오는구나. 나는 직장 다니느라 힘들고 아이를 잘 못 키운다는 죄책감으로 이래저래 힘들구나, 하는 생각을 하니 내가 참 불쌍해졌습니다. 그리고 이런 엄마 때문에 억울한 비난을 많이 당하고 사는 우리 아이도 참 불쌍해졌습니다.

또 이런 거 저런 거 끌어와서 생각하지 말고 지금 일어난 일만 생각해보자. 일단 약속을 안 지킨 것과 해서는 안 되는 시간에 컴퓨터를 한 것만 이야기를 하자. 커서 뭐가 되려고 저럴까, 눈 나빠지면 어쩌나, 숙제는 다 했는지 의심하는 거, 책 안 읽는 거, 이런 것들을 여기다 연결시키지 말자. 이런 마음으로 컴퓨터 하는 아이를 보니 화가 안 났습니다. 화 안 난 마음으로 내가 하고 싶은 이야기를 했습니다. 원래 약속 시간이 있는데 안 지켜서 서운하고 컴퓨터를 너무 많이 하는 게 아닌가 하고 걱정된다고 했습니다. 그랬더니 아이가 매우 미안해하면서 "엄마, 지금 이것만 보고 끌게요." 하더니 5분쯤 후에 껐습니다. 그리고 그다음 날부터는 제가 집에 없을 때 "오늘 꼭 하고 싶은 거 있는데 지금 컴퓨터 조금 해도 돼요?" 하고 전화가 옵니다.

그동안 아이랑 제가 뭔지 모를 일로 삐거덕거리던 감정싸움이 많이 녹았다는 느낌이 들고, 그 느낌은 아이에게서 확인이 됩니다. 전보다 더 엄마에게 사근사근하고 웬만한 일에는 엄마 말에 오해를 훨씬 덜 하는 것을 느낄 수 있습니다. 지금은 경계에 속고 또 속지만 자꾸만 공부하다 보면 그 횟수가 훨씬 줄어들 거라는 기대로 오늘도 열심히 마음공부를 하고 있습니다. 감사합니다.

마음공부를 전파하다

그는 자신의 삶에서 효과를 직접 경험하게 되면서 저절로 이 공부를 알려주고 싶은 마음이 솟았다. 지인들이 그를 먼저 알아보고 어떤 공부를 하느냐고 물었고 그의 경험담을 들은 지인들이 공부방에 속속 합류했다. 전자공고에서 근무하면서 학교 내 공부방이 처음 생겨 함께 공부했고 이후 학교를 옮기면 그 학교에서 다시 공부방을 만들기도 했다. 학생들을 대상으로 동아리나 글쓰기 수업에서 적용하기도 했다.

창의적 체험활동 수업이나 국어교과 글쓰기 수업을 활용해 학생들에게 마음일기 쓰기를 가르쳤다. 학생들이 마음일기를 써서 제출하면 다 읽어보고 일일이 답글을 달았다. 매일 빈 수업 시간 2시간은 일기 답글 다는 것으로 다 써버렸다. 하루에 60~90권의 노트에 답글을 달다 보면 나중에는 고개가 들리지 않고 팔꿈치가 딱딱하게 굳어 움직여지지 않기도 했다. 학생들은 성인들에 비해 공부가 더 쉽게 먹혔다. 부모나 친구, 학업 등으로 인한 갈등으로 서로 생채기를 내고 힘들어하던 학생들이 단지 자신의 마음을 들여다보는 작업만으로도 상생의 관계가 되는 기적을 지켜보며 그에게는 육체의 고통이 문제가 되지 않았다.

때로는 심리적 어려움을 겪는 학생들만 따로 모아 동아리를 만들어 공부방을 운영하기도 했다. 왕따 아닌 왕따가 돼 급식실을 못 가 상담실에 와서 자주 컵라면을 먹던 아이도 동아리를 하면서 건강하게 회복돼 자신이 원하는 대학에 진학해 대학생활을 잘 해나갔다.

퇴근 후 만나는 성인 공부방에서는 이혼 위기의 도반이 1년여 자신을 들여다보는 마음공부를 통해 삶이 다시 회복되는 경우도 있고, 직장에서의 충돌이 원만해지는 결과를 낳으면서 전반적으로 삶이 행복해지는 경험은 수도 없이 많다. 사는 것이 훨씬 가벼워지고 행복해진다는 것이 공통점이었다.

학교에서 근무하다 보니 대체로 대부분의 도반들은 교사였고, 그 교사 도반들이 각자의 학교에서 또 공부방을 만들어 함께 공부해나갔다. 한때는 부산에서 마음공부방 10개가 동시에 운영되기도 했다.

많은 생각이 드는 날

김○○

내가 상담을 해준 친구 A가 있다. A가 친구와 싸워 내가
고민 상담을 해주었다. 나는 말도 마음속에서 생각해보
고 진심으로 상담을 해줬고 싸운 친구와 화해하고 싶다
기에 진실한 마음으로 서로 이야기해보라고 했다. 근데
그 친구에게 이야기해봤냐고 물어보니 아직 안 했다고
한다. 이때까진 '아, 그럴 수도 있지'라고 생각하면서 참
을 수 있었다. 오늘 길을 걸으며 그 친구와 이제 사이가
괜찮으냐고 내가 물었다.

A는 어색하다며 그 친구에 대해 불평을 했다. 그때 나는
경계가 왔다. 내가 그 친구와 대화로 풀라고 했는데 대화
는 하지도 않았고, 또 친구를 이해하는 마음이 필요한 것
같다며 이해해주라는 말도 했는데 오늘 내 말은 모두 잊

고 내게 불평을 했다. 경계가 확 밀려왔다. 얘한테 뭘 말해야 하지? '너 너무 이기적인 거 아니니? 친구 화난 거 생각을 해보라고!' 말하고 싶었는데 꾹 참았다. 내가 이 때 참은 이유는 이 말을 친구에게 해서 좋을 게 없다는 생각이 들었기 때문이다.

이 친구에게 화가 난 경계에 대해 생각해보았다. 그 결과 내 말을 무시한 것이라는 생각이 들었고 평소에 이 친구가 자기 멋대로 한다는 생각이 내 마음속에 박혀 있었기 때문임을 알았다. 자세히 말해서 내가 또래상담자로서 상담을 해주고 해결책도 고민 끝에 말해주었는데 그 친구가 내 말을 무시했다는 기분이 들어서였다. 자존심 때문에 경계가 밀려 올라왔다.

둘째는 내 마음속 깊이 있는 내 인식이었다. 평소에 이 친구가 내 마음에 들지 않는 일을 할 때 나도 모르게 쌓아놓은 것이 있는 것 같았다. 오늘 생각해보니 이 친구는 이기적이야, 라는 생각이 나도 모르게 나왔던 것이다. 이런 경계들을 생각해보고 친구의 말을 다시 생각해보니 친구는 내게 도움을 청하고 싶었을 텐데 내가 그때 막말을 했으면 큰일 날 뻔했다는 생각이 들었다. 멈추길 잘한 것 같다.

영어듣기 시간

강○○

우리 학교는 아침 8시부터 20분간이 영어듣기 연습시간이다. 참여하는 학생들도 있지만 아예 하지 않고 그 시간을 허비하는 친구들도 많다. 그런데 자리를 바꾸고 난 후 내 뒷자리에 앉은 친구들은 후자였다. 잡담하며 시간을 때웠다. 그런데 그 소리가 월요일부터 계속되었고 나는 그때마다 영어듣기 시간 20분 중에서 세 번 정도 조용히 해 달라고 부탁을 할 수밖에 없었다. 그런데 그 친구들은 알겠다고 해놓고 1분도 되지 않아 다시 거슬릴 정도로 떠들었다.

결국 난 오늘 참지 못하고 영어듣기가 끝나자마자 그 친구들을 몰아붙였다. 학교에서 실시하는 영어듣기 시간이고 지금 듣기를 해야 하는데 너희가 떠드는 소리 때문에 너무 신경이 쓰이고 집중이 되지 않는다. 월요일부터 일주일간 조용히 해 달라고 부탁했는데 20분간 그것도 못 참아주느냐. 차라리 필담을 하거나 조용히 자습을 해라. 시간이 아깝지도 않냐! 내 감정대로 모진 말을 많이 했다. 그 아이들은 당황해하며 미안하다고 작게 떠들었는데 들렸냐며 사과했다.

쉬는 시간이 되어서 가만히 앉아 있다 보니 감정이 가라앉았다. 순간 나는 아차! 싶었다. 사실 그렇게까지 말하지 않아도 충분히 조용하게 타이를 수도 있는 것이었는데 마음일기를 쓰면서도 이렇게 내 감정을 잘 다스리지 못할 때가 있다. 감정이 갑자기 소용돌이 칠 때 마음공부의 힘으로 전보다 더 감정을 멈추고 돌아볼 수 있었는데, 일주일간 조용히 지속적으로 경계가 오다 보니 캐치를 못했던 것 같다. 마음공부를 더 열심히 해서 내 마음을 더 면밀히 관찰하고 경계가 어떤 식으로 찾아오든 더 잘 알아챌 수 있는 힘을 길러야겠다.

경계가 가라앉고 나서 아까 말이 심했다고 사과를 하자

그 친구들도 더 미안해하며 앞으로는 떠들지 않겠다고

약속을 해주었다.

공부방 '더마음연구소'를 열다

그는 공부가 점점 재밌어지면서 가까운 도반들끼리 의기투합해 미남로터리에 작은 오피스텔을 얻어 연구소를 열었다. 일주일에 한 번씩 퇴근 후에 모여서 2~3시간 정도 둘러앉아 공부를 했기 때문에 늘 장소 문제로 소소한 어려움을 겪었다. 차라리 정식으로 장소를 마련하자고 의견이 모아졌고 필요한 자금은 똑같이 기부해서 보증금과 월세를 마련했다. '더마음연구소'로 간판을 달고 매년 상반기, 하반기 30시간 교사 자율연수도 개최했다. 연구소를 운영하는 집행부 도반 5명이 교대로 강사를 맡아 연수를 진행하면서 본인들의 공부에도 큰 도움이 됐다.

연수는 강의 30%, 회화로 이루어진 실습 70%로 진행했다. '내 삶은 문제가 있는가? 마음도 공부해야 하는 것임을 안다. 경계의 의미를 알고 일상에서 찾아보는 연습을 한다. 마음일기 기재방법을 익혀 실제로 작성한다. 경계가 일어난 마음을 일기를 통해 본래 마음과 대조한다... 등'의 교육과정으로 구성해 주로 일기문답 감정을 통해 본래 마음으로 돌아오는 훈련을 몸에 익히게 하는 것이 연수의 목적이다.

매 회기 연수가 끝날 때마다 연수 평가를 꼼꼼히 하면서 해마다 연수 프로그램을 조정했다. 교사 연수가 종료될 때마다 연수생 중에서 공부방 회원으로 가입하는 사람이 생기면서 공부방 도반의 숫자도 점점 늘어났다.

2부
마음일기로 돌아보다,
그는 살아졌다

1
아이를 키우며

리코더로 때리다 2008. 6. 17.

지금은 수학여행도 끝나고 별로 시달리는 일도 없는데 왜 아직도 이렇게 속이 상하고 힘들고 꼬이고 이러는지 모르겠다. 학교에서도 편안하지 못하고 집에서 인예에 게도 편안하지 못하다. 우리 반 수업 시간은 아이들이 너무 많이 떠들어 수업에 지장이 있을 정도다. 어제는 화가 머리까지 올라오는 느낌이 들었다. 인제 한 번 크게 혼낼 거라고 자꾸 미루고만 있다. 그게 원인이었는 지 어제는 인예에게 터뜨리고 말았다.

매실 담그느라고 꼭지를 따고 있는데 인예가 수학 숙

제 한다면서 모르겠으니 가르쳐 달라고 한다. 근데 처음부터 너무나 공부하기 싫어하는 태도가 역력했다. 숙제를 거의 안 해 가서 학교에서 주로 선생님께 혼난다는 사실을 알고 있는 나는 오늘은 꼭 숙제를 다해 가야 한다고 가르치고 싶었다. 그래서 다른 때처럼 모른 체하지 않고 숙제를 지금 다하라고 엄포를 놓았다. 나에게 가르쳐 달라고 하면서 짜증을 줄줄 달고 있다. 화나는 것을 참고 좋은 말로 하라고 하면서 가르쳐줬다. 거의 안 듣는다. 그냥 인예는 수학이 싫은 거다.

드디어는 짜증을 줄줄 내는 태도에 내 한계가 왔다. 화를 내면서 오늘은 한 달 동안 지켜봐온 결과 혼을 내겠다면서 손들고 꿇어앉아 있게 했다. 그래도 분이(?) 안 풀려 도저히 용서할 수 없다면서 리코더로 손바닥을 다섯 대 때렸다. 그리고 방에 들어가서 자라고 큰소리로 말했다. 울면서 들어갔다. 한참 후에 마음이 좀 가라앉고 나니 내가 좀 심했나 싶었다. 평소에 어른들에게 너무나 버릇없는 태도라서 한 번은 혼내려고 했지만 때릴 거까지는 아니었던 것 같다. 내가 감정조절을 못 해서라는 생각에 마음도 아프고 기분도 나빴다. 남편에게 들어가서 좀 위로해 주고 오라고 시켰더니 건성으로 하고 오는 것 같았다. 지금 생각하니 학교에서 우리 반 아이들에게 화를 못 내고 인예에게 과도하게 화를 낸 것 같다.

요즘 작은 일에도 스트레스를 많이 받고, 사는 것이 즐겁지 않으며 몸도 엄청 피곤하다. 나에게 손해 되는 방향으로 스스로를 몰아가고 있는 것 같다.

어떻게 해야 할지 길이 잘 보이지 않는다.

그의 딸이 초등학교 4학년, 열한 살 때다. 그가 심리상담 공부를 만나 자신의 핵심 역동에 대해 잘 알고 어떻게 살아야 하는지도 머리로 이해되던 때다. 더구나 만 6세까지 그 사람의 모든 것이 형성돼버린다는 심리학의 이론을 배우면서 절망하던 때다. 다행스럽게 친구의 인연으로 마음공부방을 만나 이제 막 발을 들여놓았다. 뭔가 원리적으로는 본인의 마음에 원인이 있는 것 같으나 아직 힘이 약해 현실에서 헤매던 때다.

지금 그때 일기를 다시 꺼내 보니 절로 고개가 숙여지고 참회가 된다. 이 많은 인과를 어찌 다 받을꼬. 이렇게 엉망이었던 엄마 밑에서도 너무나 잘 자란 인예가 고맙고 또 고맙다.

인예 입학식 2010. 3. 3.

요즘 인예 중학교 입학을 계기로 걱정이 많다. 초등학교는 대안학교에 다니다가 중학교는 고민 끝에 일반학교로 가기로 결정했고, 아는 친구 한 명도 없는 학교로 입학하게 돼 저도 걱정해왔기 때문이다. 북구에서 A급 학교라는데 공부는 어떻게 따라갈 것이며 일진 같은 나쁜 아이들에게 맞고 오지나 않을까... 등등으로 정체불명의 걱정을 하고 있다. 입학식에는 갈 수 없는 여건이라고 했더니 친구가 한 명도 없어서 학교를 어떻게 가야 하냐고 나에게 말도 안 되는 소리 말라고 다짐이다. 나도 도저히 안심이 안 돼서 이리저리 연구를 해서 시간을 빼놓았고, 어제 저녁에는 준비물 잘 챙겼는지 몇 번이나 확인하고 교복과 양말, 스타킹, 실내화... 등까지 준비 다 해놓고 자라고 지꾸만 다짐을 했다.

그런데 오늘 입학식장에 서 있는 모습과 교실에 앉아 있는 모습을 보니 내 걱정과는 달리 아무렇지도 않게 떡 하니 앉아 있었다. 믿는 만큼 큰다고 하더니 내가 이렇게 못 미더워서 우왕좌왕하는 것이 아이를 더 못 크게 만든다는 생각이 들었다.

오후에 다시 전화를 해서 공책은 샀는지, 사물함 자물쇠는 열쇠 말고 비밀번호로 되어 있는 걸로 사고 문방구에 가면 예쁜 거 판다, 문화상품권 많이 있으니 그걸로 가서 사라 등등 한참 말을 하니 나중에 짜증을 낸다. 그만 좀 하란다. 제가 다 안다고...

머쓱해지면서 내가 좀 너무하구나 하고 깨닫는다. 그러면서 가만히 생각해보니 이건 순전히 내 불안이다. 인예에게 이것저것 철저히 챙기라고 왜 닦달하는지 생각해보니 만약 뭔가를 한 가지 빠뜨린다면 그 뒤처리가 끔찍하게 싫은 건 나지 인예가 아닌 것이다. 나는 철저하게 준비하는 스타일이고 만약 실수라도 하게 되면 철저하지 못했던 나 자신을 자책하는 아픔이 있기 때문인 것이다. 즉, 그건 나인 것이다. 저는 실수를 해도 아무렇지 않을 수도 있는데 내가 투사돼 다지고 다진 것이다.

그럼 저는 얼마나 갑갑했을까. 아이고 미안해라.

드디어 인예가 중학교에 입학했다. 중학교도 대안학교에 보내려고 전국을 뒤졌다. 가까운 곳에는 대안학교가 없어서 어디든 기숙사에서 생활해야 했다. 탐색 끝에 전남 곡성에 있는 '곡성평화학교'에 보낼까 해서 입학설명회에 갔다 왔다. 학교의 교육 방향이 마음에 들었고 선생님들도 든든해 보여 거의 결정할 뻔했다. 그런데 집으로 돌아오면서 방학 때는 집에 와서 누구랑 노느냐는 인예 질문에 그는 아찔한 생각이 들었다. 대안학교를 고집하는 것이 누구를 위한 것이냐는 근본 물음에 맞닥뜨린 것이다.

그는 늘 아이를 위해 좋은 교육, 올바른 교육을 찾았다. 그러나 그것이 진짜 아이를 위하는 일인가, 문득 의문이 들었던 것이다. 인예는 누구보다 친구가 중요했고 대안학교는 기본적으로 학생 수가 적었으며 방학이면 근처에 친구가 한 명도 없게 되는 것이다.

거기서 그는 마음을 접었다. 집 근처 일반학교로 보내야겠다고 결정해 아는 친구 한 명도 없는 집 근처

중학교에 입학하게 된 것이다. 중학교 3년 동안 인예는
온갖 친구들을 사귀며 즐겁게 학교를 다녔다.

언제나 옳고 그름, 정의와 불의에 주착돼 있음을
몰랐던 무명이 부질없는 시행착오를 많이 겪는 인과를
가져왔다. 특히 사랑하는 딸을 상대로 본인의 교육 철
학을 들이댔던 과오를 참회하며 그나마 멈출 수 있었
음에 지금도 가슴을 쓸어내린다.

나는 왜 이럴까 2010. 3. 24.

인예가 다행히 중학교 적응을 잘하고 있어서 안심이 된다. 그런데 며칠 전부터 수상하다. 오후에 올 때 혼자 왔다고 몇 번 말하고 지수랑 지영이랑 약간 멀어졌다고 하는 둥 친구 관계가 삐걱거리는 것 같다. 어떡하지, 저러다 친구가 한 명도 없게 되는 건 아닌가, 자기중심적인 성격이 친구관계를 어렵게 하는데 어떻게 고쳐주지… 등등. 그러더니 며칠 전부터 틱 현상이 생겼다. 안 보는 척하면서 살짝 보니 목을 끄떡거리는 이상한 행동을 하는 것이다. 어렸을 때도 눈을 깜빡거리거나 입에서 이상한 소리가 나거나 하는 등의 틱 현상을 반복했는데 중학생이 되어도 나타나는구나, 걱정이 태산이다. 요즘 스트레스가 뭐냐고 진지하게 이야기했더니 별거 없다고 한다.

그래도 이제 컸으니 네 마음 네가 잘 들여다보면 알 수 있으니 생각해보라고 했다. 그랬더니 친구 이야기는 하나도 하지 않고 며칠 전에 엄마가 늦게 올 때 혼자 있으면 무서운데도 TV를 못 보게 해서 너무 스트레스라고 한다. 그게 원인은 아닌 것 같지만 하여튼 알았다고 하고 며칠 동안은 마음대로 보라고 하고 다독거렸다.

그런데 갈수록 더 심해지면서 이제는 목이 아파서 아무 것도 못 할 지경이 되었다. 밤에 잠자기도 어렵고 아침에는 너무 아파서 밥도 못 먹고 짜증이 가득 차서 눈물을 흘렸다. 진짜로 목이 아픈 건가. 스트레스가 그렇게 심한 건가.

퇴근하자마자 병원에 갔다. 한의원에 갈까, 청소년 정신과에 갈까 망설이다 혹시 싶어 일단 정형외과에 갔다. 의사가 꾹꾹 짚어보고 엑스레이 찍어보고 하더니 일종의 목 디스크이고 심각하다고 한다. 목뼈가 정상적인 사람의 반대 방향으로 이미 굽어 있고 5, 6번 뼈의 관절이 많이 좁아져서 치료가 오래 걸리겠다고, 좀 기다려보고 안 되면 정밀 MRI를 찍어보자고 한다. 어찌나 놀랐던지 우리는 둘 다 충격을 받아서 띵했다.

이게 뭔 일인가, 어린아이가 벌써 뼈가 이래서 어떡하

나 하는 것과 함께 나는 왜 이럴까, 아이가 목이 아프다는데 단순하게 생각을 못하고 틱 현상이라는 둥, 스트레스라는 둥, 심리만 찾고 있었던 것이다. 아는 것이 병이다. 내가 얼마나 인예를 믿지 못하고 그저 제대로 못할 거라고만 생각하고 있는지... 내가 이렇게 아이를 못 믿는데 지가 어떻게 튼튼한 마음 내공으로 자랄까 하는 자책으로 괴로웠다.

나는 이렇게 독선이 있구나. 나는 잘 안다. 내가 보는 것이 맞을 거라고 단정하는 것이 얼마나 많던가. 인예에게 너무나 미안해서 저녁을 먹으면서 진심으로 사과를 했다.

마음공부 동아리 고등학교 학생들 감정

송ㅇㅇ : 자식에 대한 관심이 과해서 틱 현상이라고 생각하실 수도 있는 것 같습니다. 무관심한 것보다 훨씬 나은 것 같아요.

이oo : 인예를 이해하지 못한 선생님의 마음이 이해됩니다. 인예가 자신의 마음을 잘 표현하지 않았기 때문에 선생님이 인예의 마음을 이해하기 어려웠을 거 같습니다. 그렇기 때문에 인예에게 한발 더 다가가서 더 많이 대화한다면 도움이 될 것 같습니다.

임oo : 선생님이 인예를 조금 심하게 누르는 것 같아요. 제 동생이 초등학생 때 교통사고를 당해 죽을 고비를 넘겼다고 합니다. 그때 어머니는 의사에게 '제발 살려주세요'라고 부탁했다고 합니다. 그러나 내 동생이 퇴원하고 괜찮아지니 내 딸이 남들보다 공부를 좀 더 잘했으면 좋겠고 남들에게 인정받는 학생이었으면 한다고 하셨습니다. 부모님들이 자식 생각하는 건 당연하지만 자식들에게 너무 큰 걸 바라게 된다면 자식들이 조금씩 반항할 수도 있어요. 인예에게 조금 더 잘 챙겨주시면 인예도 언젠가는 선생님이 바라는 뜻을 알게 될 거 같아요.

오oo : 이건 나쁘다기보다 일하시느라 대화가 부족해서 일어난 일인 것 같아요. 대화를 안 하니 아이에 대해 모르고 그러다 생긴 일인 것 같습니다. 아이에게 관심을 가지고 믿음을 가지세요. 샘은 아이를 너무 많이 생각하는 좋은 엄마예요.

최oo : 선생님은 생각을 너무 깊이 하시는 것 같아요. 목이 아프다고 하면 병원을 데려가야지요. 그러고 인예에게 믿음을 주고 자신이 선택하여 인생을 올바른 길로 갈 수 있도록 독립심, 판단력을 키워주세요. 물론 선생님이 인예를 믿으셔야 되구요. 우리 엄마가 그러시는데요, "네 인생은 네 인생, 내 인생은 내 인생이니 네 인생을 내가 대신 사는 것이 아니다."라고 항상 말하십니다. 내가 남자라서 그런가? 하지만 요즘 세상은 남녀구분이 잘 없으니 맞는 말 같습니다.

마음공부의 효과에 푹 빠져 있던 그는 옮기는 학교마다 동아리를 만들고 수업시간에 마음일기 쓰기로 글쓰기 치료도 했다. 동아리에서는 각자 마음일기를 써서 발표하고 서로 감정해주는 식으로 함께 공부했다. 전자공고에 근무할 때 일기라 기계를 다루는 억센 남학생들인데도 섬세하게 마음을 잘 읽어냈음이 보인다.

그는 당시에 아이들을 위해 동아리를 운영했지만 막상 그 스스로 아이들에게 받은 위로가 더 많았다. 그 아이들이 지금 다들 잘 자랐는지 그때의 공부법을 조금이라도 기억하고 있는지 궁금하다.

내가 부끄럽나? 2011. 9. 7.

저녁 준비를 하다가 깜빡 잊은 것이 있어서 사러 나가
는 길에 우연히 학원 마치고 오는 인예를 만났다. 갑자
기 만나니까 반가워서 반색을 했더니 반응이 뜨악하
다. 인상을 찌푸리며 "아~ 엄마 옷이 그게 뭐냐?"라고
하면서 주변을 살핀다. 모른 척하며 뭐 사러 가는데 같
이 가자 하니 못 이긴 체 따라오는데 자꾸만 내 뒤로
슬슬 빠지면서 다른 사람인 것처럼 한다. 나는 목이 안
좋아서 뒤를 돌아보기가 불편한데도 자주 몸을 돌려
돌아보니 멀찍이 떨어져 오는 것이 같이 가는 의미가
하나도 없다.

이런 저런 볼일을 다 보고 집에 오면서 같이 가자고 팔
을 잡아당기니 짜증을 내며 질색을 한다. 드디어 나도
화가 나서 그 뒤로 말을 안 했다. 밥을 다 먹고 남편이
올 때까지 냉전이 계속되는 동안 마음을 살피려 애썼
다. 나를 무시한다는 생각과 버릇을 고쳐줘야 한다는
생각이 오락가락했다. 지금 화가 나는데도 왜 말을 안

하고 있나를 생각해봤다.

일단 경계이니 올바른 판단이 아닐 것이므로 경계가 가라앉을 때까지 기다려야 한다는 생각에 매여 있다. 그렇다고 중도가 잡히는 것도 아니라서 그냥 화를 참고 있을 뿐이었다. 이것도 방법은 아니다 싶어서 화나는 대로 화를 내보자 싶었는데 마침 남편이 들어온다. 밥 차려주고 식탁에 같이 앉아서 보조를 맞춰주고 있는데 설움이 쏙쏙 올라온다. 내가 중고등학교 때 어땠는가가 생각났다. 나는 엄마가 좋아서 엄마가 시장 갈 때마다 오지 말라고 해도 팔짱을 끼고 졸졸 따라다닌 기억이 있다. 우리 엄마는 그야말로 완전 시골 아줌마인데도 그런 생각은 한 번도 한 적이 없고, 엄마랑 시장을 휘젓고 다니면서 뭐 군것질거리 하나라도 얻어먹을까 하여 아양을 떨던 추억을 생각하니 지금 인예는 왜 저럴까 막 서러웠다.

그래서 나 스스로 처리하려고 마음먹었던 일을 남편에게 일러바쳤다. 남편은 막 화를 내면서 인예를 꿇어앉히고 혼냈다. 지켜보는데 마음이 착잡했다. 중요한 것은 인예를 가르치고 싶은데 저것이 속으로 무슨 생각 할까, 조금이라도 이해가 될까, 오히려 사춘기의 특성 으로 부글부글 짜증만 돋우는 것이 아닐까 의심스러 웠다. 꾸중을 마치고 심부름을 보내면서 아마 친구에 게 내 욕을 엄청 하는 문자를 보내겠지 하는 생각으로 미웠다. 요즘 계속 미운 일만 보인다. 전체적으로 잘못 됐다는 느낌에 시달리고 있다. 이런 생각을 하면 안 된 다, 인예를 좋게 봐야 한다고 마음을 누르고 있다.

딸이 사춘기 절정을 지나가던 중2 때, 온갖 일들 이 있었다. 심리학을 배우면서 그가 엉망일 때 아이의 인성을 다 망쳐놨다며 몹시 걱정하다 마음공부를 만 나 다행히 아이는 얼마든지 회복될 수 있음을 조금씩 알아가던 때다. 그의 딸이 초등학교 5학년 때 공부를 시작해 2~3년 만에 사춘기를 맞았다. 이래야 한다, 저래야 한다는 틀이 강한 그의 특성과 자유분방해 틀 에 얽매이길 싫어하는 딸의 특성이 자주 부딪쳤던 세 월이다.

예쁜 얼굴에 꾸미기 좋아하는 딸은 사춘기를 맞

으며 심리학 전공 서적에 나오는 청소년의 특성을 교과서처럼 다 보여주고 있었다. 특히 문 밖을 나서면 본인이 마치 무대 위에서 스포트라이트를 받고 있는 연예인처럼 생각되는 모양이었다. 당시 살던 화명동은 문만 나서면 시내 한복판처럼 사람이 북적이던 곳이다. 그러다 보니 집을 나갈 때 딸은 머리끝부터 발끝까지 성장을 했고 그는 집에서 입는 옷 그대로 슬리퍼를 끌고 다녔다. 아파트 앞에 있는 구멍가게에 설탕 심부름을 하나 시켜도 옷을 차려입었다.

길에서 우연히 만나면 그는 너무나 반가워서 저 멀리서부터 "인예야~" 하고 불렀지만 딸은 못 들은 척 한 번도 쳐다보지 않고 혼자 집으로 가버리는 적이 많았다. 그러면 그는 또 요란함으로 가슴을 쓸어내렸다. 내가 잘못 키워서 그렇다, 저런 인성으로 어디 가서 사랑받겠나... 등.

지금 보면 얼마나 예쁜 사춘기인가. 절로 웃음이 난다. 모든 사람들이 자기만 보고 있는 것 같아 온통 밖으로 눈이 꽂히는 것은 그 시절 아이들의 매우 자연스러운 특성이다. 심리학에서 다 배웠음에도 내 딸이 그런 건 잘못이라고 두근대던 에고의 시절이다. 그나마 아직 갈 길은 멀어도 그가 치열하게 공부의 끈을 놓지 않고 있었기 때문에 요란한 사춘기를 딸도 그도 잘 넘은 것 같다. 감사하고 감사한 일이다.

고데기 2011. 9. 21.

몇 차례의 경고에도 불구하고 인예가 또 고데기를 꽂아놓은 채 나갔다. 내가 발견했을 때는 몇 시간이나 지나서 달아 있었다. 남편에게 말했더니 심각해한다. 10시쯤 인예가 들어왔고 남편이 꿇어앉아서 좋은 말로 꾸중하고 고데기를 버리겠다고 통보했다. 몇 마디 오락가락하다가 드디어 인예가 "그럼 쓰레기통에 버리세요." 하고 짜증을 내면서 제 방으로 휙 들어가 버린다. 남편이 갑자기 소리를 팍 지르면서 다시 불렀고 매우 화를 내면서 고데기를 패대기쳐서 부숴버리고 인예를 때리려고 손이 올라갔다 내려갔다 했다. 무심한 마음으로 지켜보던 나는 느닷없는 이 상황에 놀라서 똑바로 앉았다. 내가 이 사람을 만난 이래로 가장 화내는 모습이다. 아이고 놀래라. 그런데 오히려 인예는 눈을 똑바로 뜨면서 아빠를 관찰하는 표정이다. 그러니 남편은 더 화를 내고 고데기는 거실 탁자에 부딪쳐서 산산조각이 나고서야 인예가 고개를 숙이고 눈물을 흘린다. 그날은 상황이 좋지 않아 그냥 각자 자고 다음 날 남편이 없을 때, 저녁을 먹으면서 인예에게 이리저리 질문을 해보았다.

어제의 소감은 "황당하다"고 했고 좀 놀랐지만 사실은 아빠가 별로 무섭지는 않았다고 했다. 그리고 고데기 파편에 부딪쳐서 아빠 이마에 피 난 것도 안다고 했다. 나는 황당해서 그럼 운 건 뭐냐고 하니 눈물을 좀 보여야 아빠가 멈출 것 같았다고 했다. 그러면서 아무렇지도 않게 룰루랄라 다른 이야기들을 쏟아내기 시작했다. 절망스럽다. 이 아이는 왜 이럴까.

나는 하루 종일 어제 일로 마음이 불편했고 남편이 얼마나 속상할까, 화를 내놓고 자기 자신이 기분 나쁠 것도 같고, 또 상황에 비해서 왜 저렇게 과도하게 화가 날까, 원인 분석을 이리저리 해보면서 요즘 남편이 집안일로 부담이 많이 되는가 보다 싶으면서 내가 잘해야겠다 반성이 되었다. 그런데 이 녀석은 오히려 그런 아빠를 관찰하고 희화화할 뿐 반성은 눈곱만큼도 없다 싶으면서 어디서부터 잘못됐을까 불안이 구름처럼 밀려온다.

남편과 나는 요즘 인예를 이해하기가 참 힘들다. 온통 잘못하는 것만 보인다. 한두 가지가 아니어서 혼내기 시작하면 하루 종일 꾸중하는 일밖에 없으니 대부분의 경우는 넘어가다가 이런 일이 생기면 폭발한다. 그러면 그동안 모아두었던 일들이 머릿속에 파도처럼 밀려오면서 화가 폭발하는 것이다. 이건 주로 내가 하는 일이었는데 어제는 드디어 남편도 그렇게 된 것이다. 내가 할 때는 몰랐는데 남편이 폭발하는 걸 보니 낯설다.

요즘 아이들의 특성인지, 인예의 성격인지, 내가 가르쳐야 하는 건지 헷갈린다. 어제 남편이 화냈을 때는 일기를 쓸 것까지는 없고 경계가 아니었는데 오히려 오늘 인예를 보면서는 경계다. 뭔가 잘못된 것 같고 이 아이가 엉망인 것 같다. 있는 그대로 받아들이기도 어렵다. 황당하고 걱정되고 불안하다. 마음도 잘 보이지 않는다.

그야말로 화려했던 딸의 사춘기 통과 사건이다. 지금도 그 테이블엔 선명하게 자국이 남아 있다. 남편은 그야말로 부드럽고 유쾌한 사람이라 화내는 일이 거의 없는데도 그날 심하게 화낸 것을 보면 정말로 놀랐던 모양이다. 당시는 그도 남편과 한참 공부 중인 때라 남편과는 형식적인 대화만 오고 가던 시절로 속 깊은 이야기는 못 해봤다.

이후 그가 공부가 많이 돼 남편과 다시 신혼시절처럼 관계가 회복됐을 때 그때 사건을 물어봤다. 남편은 어렸을 때 순식간에 집에 불이 나는 장면을 눈앞에서 지켜보면서 화재에 관한 트라우마가 있었다. 화재는 한순간이라면서 어떻게 될지 모르니 무조건 조심해야 한다는 것이다. 한창 사춘기 시절의 딸은 늘 고데기를 달고 살았고 외출하려면 꾸미는 데 1시간씩 걸리던 때다. 머리를 지지고 또 지지고는 마음에 안 든다며 다시 물을 뿌려서 말리고 또 지지기를 반복하다 시간이 급해 뛰어나가면서 고데기를 끄지 않고 그냥 두고 나간 것이 한두 번이 아니다.

나무 화장대가 시커멓게 그을려 남편이 수도 없이 주의를 줬는데도 그날 그 불상사가 또 난 것이다. 마음먹고 가르쳐야 되겠다 싶었는데 딸이 전혀 받아주지를 않으니 고데기를 집어 던져 박살이 났고 파편이 튀면서 얼굴이 찍혀서 피도 살짝 났다. 튼튼한 원목으로 된 거실 테이블이 찍힐 정도이니. 삼돌이로 힘이 세기로 유명한 남편이 머리 뚜껑이 열려서 던진 결과다.

이 일은 그, 남편, 딸 셋이 가끔씩 떠올리며 깔깔거리는 소재다. 서로 그때 왜 그랬냐고 놀리면서 추억을 즐긴다. 지금은 성격 좋고 성실하고 책임감 강한 딸이 어디서든 사랑받는다. 친구들 사이에서도 모가 나지 않고 잘 지내며 직장에서는 다들 못 견디며 뛰쳐나가도 묵묵히 자기 할 일 하는 모범 직원이다. 이런 예쁜 딸이 사춘기 때는 그런 호르몬이 활발발했다니 놀라운 일이다. 그는 지금도 딸의 그 눈빛을 잊을 수가 없다. 아무리 야단맞아도 절대로 고개 숙이지 않고 묘한 빛을 발산하던 그 눈빛. 어쩌면 그때 그 아이 속에 있는 것은 그 아이가 아니었을 것이다. 그때 딸 안에 있던 그 에고는 누구인가?

아슬아슬 경계 2012. 2. 27.

아침에 늦게 일어나는 인예를 짜증 낼까 봐 깨우지 못
해 망설이다 포기했다. 점심 때 라면 끓여달라는데 왠
지 끓여주기 싫은 마음에 망설이다 포기하고 끓여줬다.
학원 가야 하는데 TV 보느라 퍼져 있는 꼴을 못 보겠
는데 말을 못 하고 참았다. 저녁에 컴퓨터로 G마켓에
들어가서 이것저것 보는 것마다 예쁘다고 나를 자꾸
부른다. 그만 좀 사라고 소리치려다 꾹 참고 모른 척했
다. 모든 게 같은 경계다. 인예는 항상 이렇다, 항상 저
렇다, 항상 그렇다가 올라온다. 이 순간은 경계라서 인
예 대소유무가 잘 안 보인다. 그럼 내가 할 수 있는 건?
멈추는 것뿐이다. 내가 끌려다니고 있음을 안다. 하루
이틀이 아니고 오래되었다. 지금까지 내가 해온 방식은
안 끌려가려고 안간힘을 쓰다가 결국 끌려가기도 하고
화를 내 질러서 윽박지르기도 했다.

끌려가면 안 된다고 생각했고 끌려가는 건 나쁘다고
생각했다. 원래는 끌려가는 것이 나쁠 것도 안 될 것도

없건마는 나는 끌려가는 건 나쁘고 내가 인예에게 지는 것이라고 생각했다. 그냥 내가 끌려가고 있고 내가 지고 있구나 하고 생각된다. 완전히 시원해지는 건 아니지만 그래도 그렇게 괴롭지는 않고 끌려갔다가 안 끌려갔다가 오락가락하고 있다. 하루 종일 오락가락하는 나를 바라보면서 그렇게 또 보고 있다.

인예가 가끔 나에게 "엄마 이랬다 저랬다 일관성 없는 거 알아요?" 할 때 뜨끔하면서 이러면 안 되는데 빨리 공부가 되어서 일관성이 있어야 하는데 하고 조바심이 났었다. 그러나 이제는 그렇지 않다. 일관성이 없어서 얼마나 다행인지 모른다. 만약 내가 아직도 경계의 원리를 몰라 다 내 것인 줄도 모르고 인예에게 퍼붓고 있다면 얼마나 끔찍할 것인가? 그나마 공부를 하고 있기 때문에 때로는 넘어지고 끌려가고 하지만 제대로 될 때도 많지 않은가?

나의 일관성 없음에 이렇게 감사하고 있다.

그때의 그에게 위로를 보낸다. 공부하느라고 참 애썼다. 그리고 참 열심히 했다. 경계가 지금 이대로 진리임을 모르고 '없애야 한다'에 묶여 얼마나 엉뚱한 길을 헤맸던가. 그 엉뚱한 길 중의 하나가 심리학 공부이고 그 덕분에 이 길도 만나게 됐으니 참 감사한 일이다.

딸이 라면 끓여달라면 가능한 끓여주지 않고 밥을 먹이고 싶었던 엄마 마음, 그래도 지금 라면을 먹고 싶은 딸의 마음, 모두 이대로 진리다. 이것이 손댈 것 없는 그대로 완벽한 편안함을 알아가는 과정이었다. 라면을 끓여줘야 하나 말아야 하나는 아무 문제가 되지 않는다. 진리임을 알고 받아들이면 끓여줘도 아무 문제 없고 끓여주지 않아도 아무 문제가 없다. 그때는 에고에 물 주는 일인지도 모르고 끊임없이 에고를 붙잡고 이런저런 기법을 찾아다녔다. 지금 눈앞의 현상 이대로가 아무 문제 없는 진리임을 알고 나면 할 것이 하나도 없는 참으로 쉽고 간딘한 공부다.

진리를 몰라 지지고 볶던 그때의 그 과정 또한 진리이고 그가 겪어낸 인과다. 그렇게 그는 살아왔고 살아졌음을 이제 본다.

자퇴해! 2012. 11. 2.

지난 토요일에 출장 갔다가 3시쯤 집에 들어오니 인예가 소파에 누워서 TV를 보고 있었다. 인문계를 가지 못할 성적이고 원서 쓰기 전 마지막 시험이라 공부를 열심히 해야 하는데 지금 뭐 하는 짓이냐는 경계가 올라왔다. 이 마음을 누르고 학원은? 하고 물으니 내일 가면 된다고 한다. 이제 진짜 경계다. 그동안 과거의 경계들이 한꺼번에 몰아닥치면서 활화산을 만들었다. 이놈은 학원을 가는 법이 없다, TV에 찰싹 붙어서 TV 안으로 끌려 들어가겠다, 아침에 머리 말리면서 머리카락 한 번도 안 치웠다, 밥도 제대로 먹는 법이 없다... 등 급기야는 이놈은 지 인생 엉망으로 사는 한심한 놈이라는 결론이 나왔다. 그래서 "너는 이제 자퇴해라. 도대체 공부할 생각이 없는데 너도 시간 낭비고 엄마도 돈 낭비니 학교를 자퇴하고 돈 벌러 나가라. 월요일 학교 갈 생각 마라"고 했다.

그랬더니 자기는 절대로 자퇴할 생각이 없다면서 열심

히 할 거라고 지금 학원 가면 되지 않느냐면서 주섬주섬 챙기기 시작한다. 화가 머리끝까지 나면서 씩씩거리면서 앉아 있는데 걱정이 스윽 된다. 오늘 불꽃 축제 본다고 40만 원을 들여서 예약해놓은 유람선 때문에 잠시 후면 출발해야 하기 때문이다. 이놈을 두고 가야 하나 같이 가야 하나 판단이 서지 않는다. 남편에게 물으니 당연히 학원 가든지 집에서 공부하든지 놔두고 가야지 하는데 나는 돈 생각이 올라온다. 13만 원을 날리는 것이다. 다른 사람 데리고 갈까 머리를 굴려봤으나 별 뾰족한 대책이 없다. 그래서 자퇴는 자퇴고 불꽃 축제는 불꽃 축제이니 같이 가자고 했다. 서로 입이 튀어나와서 한마디도 하지 않고 우여곡절 끝에 출발했으나 가는 도중에 폭풍주의보 때문에 취소됐다고 연락이 왔다.

머리로 먼저 아까운 계산이 올라왔다. 너는 집에 있으라고 했다면 나의 위신도 세우고 돈도 손해 보지 않았을 텐데 아깝다, 탄성이 나왔다. 일요일 내내 혼자도 공부해보고 공부방에서 도반들과도 공부해보고 해도 결론은 교복을 버려야겠다고 나왔다.

진심은 자퇴를 시키겠다는 마음은 아니고 협박을 해서 정신을 차리게 하겠다는 것이다. 나도 그렇게 생각하고 도반들도 그렇게 말했듯이 정신 차리게 하겠다는 전제로 하는 교복 버리기 투쟁은 효과가 없을 것이다. 내 의도대로 아이를 키우겠다고 아무리 해봤자 안 되고 지가 스스로 하겠다는 의지가 생길 때까지 기다리는 방법밖에 없다. 아이를 있는 그대로 받아들이지 못하고, 내 전제를 깔아놓고 따라오지 않는다고 아무리 에너지를 쏟아도 오히려 역으로 갈 수밖에 없다는 것을 안다.

내 특성으로 아이를 못살게 굴고 그럴수록 아이와 나의 관계만 나빠지게 되는 것도 안다. 그런데 나의 기준에 따라오지 못하는 아이를 지켜보는 나는 아직 공부가 부족해 견디기가 너무 어렵다. 그래서 화풀이(?)로 교복을 버리는 일을 하겠다는 것이다. 도반의 감정은 버릴 거면 진짜 버리라고 했다. 나중에 돈 많이 들어서 다시 사더라도 진짜 버리는 공부를 해보라고 했다.

마음을 보고 또 보고 해도 결국은 버리지를 못하고 가방에 넣어서 차에 갖다 놨다. 인예에게는 교복을 버렸다고 거짓말을 하고 학교 가지 말라고 명령했다. 그랬더니 울고불고 하더니 교복 없으면 못 갈 줄 아냐면서 친구를 총동원하는 것 같았다. 다음 날 새벽같이 일어나 밥도 안 먹고 체육복을 입고 갔다. 이틀을 체육복을 입고 다니면서 밤늦게까지 책상에 앉아서 공부를 하고 있었다. 사실 인예는 책상에 앉는 것이 1년에 한 번 정도라서 아마 엉망인 책상을 한참 동안 치웠을 것이다.

아침도 안 먹고 새벽에 껑충 짧아진 체육복을 둥둥 걷어서 입고 나가는 뒷모습과 책상에 앉아 있는 모습을 보니 마음이 약해지고 나도 화풀이도 어느 정도 되고 해서 교복을 언제 줄까 고민하고 있었다.

근데 마침 담임 선생님이 전화를 해서 나를 비난하면서 빨리 교복을 주라고 했다. 아이가 공부 안 하는 것이 하루 이틀도 아니고 이제 와서 새삼 왜 그러냐면서 어떻게든 살아가니 내버려두라면서 막 소리쳤다. 그리고 인예가 엄마는 아마 교복을 안 버렸을 거라고 하더라면서 아이가 엄마 머리 꼭대기 위에 앉아 있는데 뭐 하는 짓이냐면서 애시당초 되도 안 할 일 그만두라고 하는데 웃음이 나와서 죽는 줄 알았다. 인예와 서로 앞으로 잘하기를 다짐하면서 교복을 주고 말도 트고 하면서 나는 뭘 원하는가 헷갈렸다.

시간이 지나고 경계가 가라앉은 후에 다시 공부를 해봤다. 나는 인예에게 그렇게 공부를 강요하지는 않는다. 꼴찌를 해도 어떻게든 잘 살고 있을 것이고 공부를 조금 더 하나 덜 하나 인예 삶의 모습은 크게 차이가 없을 것이다. 그리고 학원을 빠지는 것도 그렇게 문제 될 것은 없다. 말썽쟁이처럼 허구한 날 빠지는 것도 아니고 빠진 이유도 충분히 이해되기 때문이다. 그럼 무엇이 내 경계를 불러왔을까... 그건 인예가 내 뜻대로 안 되기 때문이다. 지난번에 학원 빠졌을 때 앞으로 그러면 안 된다고 지시를 했고 자기도 그러겠다고 다짐했다. 그런데 이번에 또 내 지시를 어긴 것이다. 내 뜻대로 움직여지지 않는 것이 화가 나는 것이다.

그렇다. 나는 내 마음대로 하고 싶다. 결혼의 적응 과정도 남편이 내 뜻대로 안 움직여져서 엄청난 분란을 겪고 이제 가리가 났는데 이번에는 자식인 것이다. 그럼 남편과의 과정을 참고로 한다면 결국은 나중에는 인예에게 적응할 것이고 있는 그대로 인정하게 되겠구나. 이 세상 어떤 것도 내 마음대로 되는 것은 없고 될 필요도 없고 되어서도 안 되는 것이다. 있는 그대로 받아들이는 공부, 이 공부 하자고 인예를 며칠 동안 닦달하고 기운 빠지게 만들었구나. 이 세상에서 잠시 나에게 맡겨놓은 인예를 나는 참 많이 고생시키는구나.

벌써 10년 전 일기다. 늘 일기를 써왔다는 사실이 이렇게 감사할 수가 없다. 경계의 허상을 똑똑히 보여주고 있기 때문이다. 지금 그 딸은 대학을 졸업하고 적당한 곳에 취직해 누구보다 성실하게 잘 살고 있다. 주어진 현실이 녹록지는 않아 함께 입사했던 동기들과 선임까지 많은 사람들이 퇴사를 했음에도 그의 딸은 묵묵히 잘 다니고 있다. 물론 회사에 대한 불만, 정당하지 못함에 대한 불만은 그를 만날 때마다 쏟아놓는다. 가만히 지켜보면 그의 딸도 이 공부를 정식으로 한 건 아니지만 어깨 너머로 경계의 원리는 알고 있는 것 같다. 현재 눈앞에 닥친 것은 경계일 뿐이고 취사는 별

개로 온전한 마음에서 내리면 된다고 생각하는 것이 그가 볼 때 참 든든하다.

이 딸은 수능을 친 다음부터 한 번도 쉬지 않고 지금까지 일을 해왔다. 아르바이트로 시작해서 정식 취업까지 늘 열심히 살아왔다. 한 곳에 들어가면 이사를 간다든지 그 업체가 문을 닫았다든지 하는 외부 사정 외에 현장의 불만 때문에 그만둔 적은 한 번도 없다. 대학 때 올리브영 아르바이트를 오래 하면서는 진상 손님 때문에 눈물을 쏟은 적도 많지만 그때뿐, 다음 날 이면 거뜬하게 일어서서 나간다. 경계에 대한 회복력이 참 빠르다.

함께 일하는 동료나 직상 상사와도 트러블이 별로 없고, 문제가 발생할 때도 일희일비하지 않고 취사도 잘한다. 과거를 끌고 와서 매달려 있지도 않고 먼 미래를 끌고 오지도 않는다. 이 부분은 그와 참 많이도 부딪쳤다. 그는 늘 먼 미래를 끌고 와 현재를 닦달한다. 미리 미리 준비하고 계획하고 공부해서 더 나은 미래를 만들어야 한다고 스스로 참 많이도 괴롭혔다. 이 기준을 그의 딸에게도 들이대 자주 충돌을 빚었으나 그의 딸은 절대로 그의 손아귀에 들어오지 않았다.

늘 현재에만 살았다. 그래서 그는 참 고맙다. 그가 20
년을 치열하게 공부해 이제 좀 현재에 살고 있는데 딸
은 저절로 늘 현재에 살고 있어 닦달하면서도 부러웠
던 그다.

　그의 손아귀에 들어오지 않았던 딸, 그래서 참 기
특하고 고맙다.

2
남편은 원래 이런 사람

피곤함 2008. 9. 24.

요즘 계속 피곤이 풀리지 않고 몸이 힘들어 집에 가면
짜증이 올라오려고 해서 조심하고 있다. 오늘도 배드
민턴 하고 집에 가니 몸이 허물어지려 한다. 인예도 모
처럼 밖에서 사 먹자고 졸라서 나도 그렇게 할까 하고
생각해본다. 근데 남편이 문제다. 몇 시에 올 건지 물
어보려고 전화를 해도 안 받는다. 남편이 연락이 되지
않는 상태에서 저녁 준비를 해두지 않고 우리만 먹으
러 갈 수는 없어서 몇 번 전화해보다 그냥 저녁 준비를
했다. 다 끝내고 나니 배도 엄청 고프고 피곤해서 빨리
먹고 자고 싶었다. 아무리 기다려도 소식이 없다.

아빠를 기다려야 한다는 나의 틀! 아빠의 권위는 이 사소한 것에서부터 아이에게 몸으로 가르쳐야 한다는 생각이 불쑥불쑥 올라오는 것을 바라본다. 그 마음을 보면서 인예랑 밥을 먹었다. 오늘은 빨래도 엄청 많아서 세탁기를 돌리고 또 진주 남강 유등 축제 가려면 오늘 역에 가서 표를 끊어야 해서 피곤한 몸을 이끌고 안 가겠다는 아이를 꼬드겨 갔다 오니 10시. 빨래를 널고 있는데 남편에게서 전화가 왔다. 인예가 엄마가 엄청 열났다고 전달하고 바꿔주는데 화가 막 올라왔다. 경계라는 것이 분명히 보인다. 내가 몸이 피곤하니 과도하게 화가 나는 거라는 생각으로 조절을 하고 있는데 남편이 자꾸만 치근덕거린다. 더 참지 못하고 "그만해라"면서 화를 내고 말았다.

다음 날 아침, 남편은 미안해서 자꾸만 나에게 말을 거는데 나는 계속 화를 내고 싶었다. 시간이 없어 제대로 이야기도 못하고 출근, 오후에 내가 모임이 있어 늦게 집에 가고 남편도 내가 잠들 때까지 오지 않아서 또 이야기를 못하고 오늘 아침에야 잠깐 얼굴을 봤다. 여전히 잘해보려고 애교를 부리고 난리다. 근데 나는 불퉁

한 모드를 계속 유지하고 싶다. 당신에게 원망이 있는 것이 아니고 내가 몸이 아파 당신에게 엉뚱한 방향으로 화가 갔다. 실제로는 요즘 내가 많이 피곤하고 힘드니 알아달라는 이야기를 해야 하는데 못하고 있다. 그럴 수도 있는데 나는 자꾸만 불퉁 모드로 가고 싶은 거다. 왜 그런가 생각해보았다. 그 마음의 바탕에는 나를 알아달라, 나에게 관심을 가져달라는 마음이 있는 것이 보였다. 내가 잘한 일이 있을 때도 누군가 알아줬으면 좋겠고, 힘들 때도 알고 인정해줬으면 좋겠다. 내가 좋으면 좋은 거고 내가 힘들면 힘든 건데 그게 다른 사람과 연결이 되어야 한다는 것이다. 나 혼자 서지 못하는 것이다. 아직도 이러고 있는가. 이런 의존성이 요즘은 거의 해결되어 별로 문제가 없었는데 오늘 또 확인한다.

이렇게 그는 남편을 괴롭히고 또 괴롭혔다. 이혼 직전에 심리학을 만나 '그'를 들여다보게 되면서 이혼 서류가 서랍 속에 잠겨버렸고 마음공부를 만나 전혀 다른 방향으로 물꼬가 트이게 됐다. 그러나 이제 시작

한 공부는 아직 익지 않았고 원인은 본인에게 있음을
머리로 배워 아는 때라 고통이 더 컸던 과도기였다.

암 2008. 12. 22.

병원에서 갑상선암이라는 이야기를 듣고도 담담했다. 갑상선암은 별거 아니라는 선입견이 있어서 뭐, 수술하면 되겠지라는 생각이어서 별로 실감이 안 났다. 의사의 심각하게 생각하라는 충고를 듣고 진지하게 생각하기로 했다. 근데 이 병원 의사가 잘하는 것인지 다른 병원에 가야 하는 것인지를 알아보기 위해 언니랑 아는 선생님과 이야기할 때도 그다지 별다른 감정은 일어나지 않았다. 방학 동안 중요한 스케줄이 빡빡한데 지장이 되겠다는 걱정만 들었다. 엄마가 백내장 수술한 날이라서 엄마 집에 들러서 몇 가지 반찬을 챙겨 드리고 오면서 엄마에게도 마치 티눈 수술한다는 듯이 무심하게 말하니 엄마도 예사로 대답하면서 보험도 없는데 돈 들게 생겼다고 서로 투덜거리고 나왔다.

벌써 8시가 다 되어가는데 언제 집에 가서 밥을 하지~ 하면서 오다가 몇 번 남편에게 전화를 했다. 몇 시에 오는지 물어보고 그냥 저녁을 나가서 사 먹을까 의논하고 싶은데 여러 번 전화를 해도 안 받는다. 집에 들어서니 남편은 벌써 와서 누워서 TV를 보다가 졸다가 하고 있고 인예는 컴퓨터를 하고 있다. 남편에게 다가가서 웃으면서 오늘 병원 결과 보러 가는 날인데 궁금하지 않느냐고 물었다. 남편이 잠이 덜 깬 눈으로 어찌됐냐고 하면서 쳐다본다. 웃으면서 "만약, 내가 암이면 어쩔래? 웃기지? 내가 암이란다." 하고 말하니 남편이 피식 웃었고 인예가 놀라서 쳐다보면서 "엄마, 진짜예요? 진짜 암이에요?" 한다. 남편이 다시 "너는 암이 뭔지 아나?" 하고 물으니 인예가 "잘은 모르지만 그거, 무서운 거잖아요." 한다.

그 말을 들으며 방에 들어가서 옷 갈아입고 나와서 빠른 속도로 저녁을 준비하기 시작했다. 할 일은 태산 같은데 싱크대는 설거지 거리가 어지럽고 남편은 원래의 모습 그대로 누워서 빈둥거리고 있나. 정신없이 일을 하는데 자꾸만 화가 올라왔다. 왜 화가 올라올까 생각해봤다. 나는 담담하다고 생각했는데 아닌가, 실제로는 걱정하고 있고 남편에게 위로받고 싶었던 걸까 생각하니 더 화가 났다. 나는 그동안 남편에게서 심리적으로 꽤 독립하고 있다고 생각했고 실제로 대부분의 경우 별 문제가 없었는데 이번에는 큰일이라서 나도 모르게 의존이 작동했는가, 그동안 마음공부가 잘되고 있는 줄 알았는데 아직 한참 멀었나 싶어 더 화가 나는 것 같기도 했다.

어쨌든 남편에게 자꾸만 화가 났다. 어찌 저리도 무심한가? 아무리 내가 가볍게 말했어도 한 번 더 확인한다든지 하는 절차도 없는가. 삼겹살도 굽고 김치도 새로 내고 이래저래 밥이 맛있게 차려졌다. 밥을 먹기 시작하면서 화가 많이 나지만 남편은 아직 제대로 모르고 있어서 저럴 테지 하면서 마음을 챙겼다. 그래서 담담하게 내 심정만 전하자는 마음으로 말했다. "당신은 나한테 이렇게 관심이 없나, 마누라가 암이라는데 아무렇지도 않나, 오늘 들은 말이 내 딴에는 충격이라서 그런지 당신한테 많이 서운하고 그동안 헛살았다는 생각도 든다."라고 말하니 남편이 숟가락을 탁 놓고 "에잇!" 하면서 일어서버린다.

화가 머리꼭지까지 올라와서 "당신은 마누라가 암이

라는 사실보다는 밥 먹는 데 잔소리하는 것이 기분 나쁘다는 사실이 더 중요하지?" 하고 말하려다가 마음을 챙겼다. 그리곤 남편은 옷을 주섬주섬 입더니 휙 나가 버린다.

내가 화가 막 나는구나, 당연하지 생각하니 잠시 만에 다시 평정으로 돌아왔다. 얼어서 긴장하고 있는 인예에게 무슨 생각 하느냐고 물으니 무섭다고 했고, 누가 잘못했냐고 하니 둘 다라고 한다. 아빠는 너무 무관심한 것이고 엄마는 아빠가 모르고 그런 건데 모두 다 잘못한 것으로 몰아붙였다고. 둘 다 서로에게 사과해야 한다고 하는 말을 듣고 내가 좀 과했구나 싶었다.

밥을 다 먹고 치우고 하는 동안 생각해보니 참 서러웠고 남편이 옛날에 어쨌다는 일까지 다 떠올리면서 실컷 원망했다. 나중에 자기 전에 이불에서 눈물을 좀 흘려야겠다고 생각했는데 막상 자려고 누우니 눈물이 안 나왔다. 이건 뭐지? 쿨~ 한 척 나는 담담하다고 생각했는데 사실은 아닌가? 내가 많이 걱정되는 건가? 마음이 잘 안 보였다.

지금 생각해보면 나는 바쁘게 저녁 준비하는데 남편은 빈둥빈둥 누워 있고, 그 전에 자기가 먼저 왔는데도 설거지도 하지 않았다는 데 화가 난 것 같기도 하다. 만약 밥을 나가서 사 먹었다면 이런 상황으로 전개되지 않았을 거라는 생각이 든다. 늘 퇴근해서 집에 오면 할 일이 태산 같은데 남편은 자기 취미 생활이나 하다 오고 집안일로 바쁜 나는 억울하다. 거기에 더해 내가 큰 병에 걸렸다는 돌발 상황이 일어났는데도 예의 그 무관심을 보면서 남편 전체를 부정하는 쪽으로 번진 것 같다.

그렇다. 그는 암이라는 큰 벽을 만나 두려웠다. 머리로는 갑상선암은 별거 아니니 유난 떨 것 없지만 마음은 숨겨지지 않았다. 피곤한데 설거지가 안 돼 있다, 저녁 준비는 왜 내가 다 해야 하나 등은 끌고 온 것이고 핵심은 무섭다는 것이다. 너무 무서우니 정면으로 보지 못해 주변을 기웃거리고 있는 그. 지금 내가 얼마나 아픈지에 깊숙이 들어가지 못하는 그. 큰 고난을 만나도 남편과 함께라는 든든함이 없던 시절, 남편이 옆에 앉아 있어도 늘 외로웠던 그 시절. 아직 공부를 어떻게 하는지도 모르는데 벌써 암이라는 큰 고난을 만나버려 우왕좌왕 헤맸던 그다. 그 터널을 건너오게 만든 것이 마음공부였다.

지금 그에게 위로를 보낸다. 힘들었지? 두려웠지? 남편 어깨가 필요한데 잘 안 돼서 더 힘들었지? 토닥토닥...

남편 잔소리 경계 2012. 5. 29.

내가 마음공부를 한 이후로 가장 눈에 띄게 효과를 본 것은 남편과의 경계이다. 한때 이혼하려고 서류까지 다 했었는데 지금은 180도 달라져서 사이가 매우 좋고 신혼이 다시 온 것 같을 정도이다. 내가 달라지니 남편도 달라져서 요즘은 남편 단점이 하나도 안 보인다면서 사람들에게 자랑하고 다녔다. 그런데 세상에! 그 남편과 최초로 경계가 생겼다. 사이가 좋아진 이후로 남편이 집안 살림을 거의 다하고 나는 밥 정도만 하는 편이다. 그러다 보니 남편이 집에 깊숙이 개입하면서 잔소리가 늘어나기 시작했다. 전에는 도와주는 정도이고 주인의식이 없었는데 이제는 완전히 주인이 되어서는 나에게 이것저것 불만을 이야기한다.

어제도 설거지가 너무 많다면서 왜 이렇게 그릇을 다 꺼내느냐고 적당히 냄비 그대로 또는 프라이팬 채로 식탁에 두고 먹으면 되지 뭘 이렇게 접시에 다 담아서 먹느냐고 한다. 툴툴거리면서 냉장고에 먹다 남은 음식은 또 왜 그렇게 많으냐면서 이제 좀 그만 사고 다 먹고 나면 사라고 한다. 경계다. 어제는 특히 설거지가 많고 집안이 여기저기 지저분해서 더 기분이 나쁜 것 같다. 나는 집안이 지저분해도 아무렇지 않은데 남편은 깔끔한 성격이라 못 봐주고 자기가 다 치운다. 다른 때는 아무 소리도 않고 그냥 치우는데 오늘은 뭔가 자꾸만 툴툴거린다. 덩달아 나도 화가 나지만 지금은 경계이니 시간이 지나기를 기다리기로 했다.

하루 지나고 어제 일을 끄집어내면서 잔소리하고 툴툴거리니 기분이 나쁘더라고 하니 씨~익 웃으면서 요즘 직장에서 스트레스가 많아서 집에 와서 푸는 것 같다고 이해하라고 한다. 마음이 짠하다. 올해 맡은 일은 이때까지와 비교가 되지 않는 힘든 일이라서 안 그래도 걱정되고 있었는데 말을 안 해서 그렇지 나름 스트레스를 받고 있었구나. 네가 경계임을 알아차리고 멈추었기 다행이지, 만약 나도 열 받아서 같이 받아쳤다면 남편이 얼마나 스트레스였겠나 싶으면서 이 공부가 은혜다. 지난 토요일에 결혼식에 갔다가 이런저런 옛날 분들 소식 들으니 갑자기 쓰러지신 분들 소식이 충격이었고 남편이 걱정됐었다. 밖에서 스트레스를 많이 받으니 집에 와서 편안하게 있도록 마음공부를 잘해야겠다 싶어진다.

그가 마음공부방에서 본격적으로 공부한 지 4년쯤 됐던 때의 일기다. 그동안 얼마나 치열하게 공부했던지 그 효과가 일상에서 두드러져 대부분의 일상이 편안하게 돌아가던 때다. 남편과의 충돌이 가장 극심했던 만큼 공부의 효과도 남편과의 상생에서 제일 크게 나타났다. 세상 살 것 같았다. 부부관계가 좋으니 육아는 저절로 됐다. 그렇게 걱정했던 딸도 안정적인 집안 분위기 속에서 잘 자랐다.

그가 마음공부 전도사가 돼 파란고해의 고통을 헤매는 지인들을 보며 입이 닳도록 공부 원리를 전하지 않을 수 없는 이유였다. 지금도 이 공부를 만난 인연이 얼마나 감사한지, 그를 공부시켜준 주변 스승님들께 은혜를 돌린다. 그도 스승님들께 배운 대로 누군가 그의 도움을 필요로 하는 사람이 있으면 어디든 달려간다. 이런 공부를 만날 수 있도록 그가 지어놓았을 인과가 있었구나 싶어 가슴을 쓸어내린다.

유럽에서 지지고 볶다 2014. 1. 15.

2013. 12. 29 ~ 2014. 1. 11.

프랑스, 스위스, 독일, 오스트리아, 이탈리아

'꽃보다 할배'에 꽂혀 9월부터 몸 만들기를 시작해서 드디어 2주일간 유럽을 다녀왔다. 가기 전에는 우리 가족들이 끈끈하게 친해져 오기를 기대하면서 1,500만 원의 돈이 아깝지 않다 생각했는데 인예와는 오히려 더 나빠져서 돌아왔다. 남편과는 거의 매일 밤 유럽의 싸고 맛있는 와인을 한 병 씩 비워내면서 마치 신혼여행 온 것처럼 만족도 100%로 좋았건만 인예와는 싸웠다 화해하기를 수차례였다.

처음에는 폭풍 폰질 때문에 내 경계를 펌프질했다. 절반은 자유여행 코스리 파리 드골 공항에 도착해서 우리끼리 호텔까지 찾아가야 하는 위기였다. 그나마 믿고 있었던 인예의 영어 실력은 한없이 쪼그라드는 위축감으로 전혀 쓸모가 없어서 나의 손짓 발짓과 핸드폰만으로 찾아가야 했다. 가기 전에 수도 없이 세뇌교육

이 된 유럽이 위험하다는 불안은 도착하자마자 우리를
지배했다. 어떻게 해서든 폰 하나 믿고 찾아가야 하는
데 인예는 저대로 도착의 감격을 실시간으로 친구들에
게 빵빵 날리고 있었다. 데이터 무제한은 내 폰 하나로
했기 때문에 나는 구글 네비로 정신없는데 저는 시도
때도 없이 내 폰에 얼굴을 묻고 있었다.

드디어 내 인내가 한계를 만나 공격을 했고 저는 저대
로 친구들에게 파묻혀서 현실로 돌아오지 못한 경계로
저를 전혀 인정하지 못하고 나를 원망했다.

며칠 밀당 끝에 폰은 호텔에 돌아와서 와이파이가 될
때만 해야 하는 것으로 일단락되고 나서부터는 이제
다른 사람들과 어울리면서 경계가 왔다. 다양한 사람
들 32명이 동시에 움직였고 그중에는 중고등 대학생들
이 반 정도 되는데 젊고 명랑하고 예쁘고 잘생기고 등
으로 늙은 우리가 보기에도 부러웠다. 처음에는 인예
가 나에게 자꾸만 공격을 해대는데 참다 참다 나중에
는 또 폭발했다. 엄마는 옷을 왜 이걸 입고 왔냐는 둥,
빨리빨리 안 걷는다는 둥, 사투리가 촌스럽다는 둥, 밥

먹으면서 말하지 말라는 둥, 입에 뭐 묻었다는 둥... 수도 없이 나를 쑤셨다. 여러 차례 싸우고 혼내고 원망하고를 되풀이하는 과정에서 조금씩 깨닫게 되었다.

자신이 무대 위의 주인공이라고 생각하는 청소년기의 특성과 그 특성이 과하게 발달되어 있는 인예 특성이 만나 온통 자기에게 시선이 쏠려 있다고 생각하니 모든 것이 경계였던 것이다. 예쁘고 세련되고 서울말 쓰는 멋쟁이들이 우글우글하니 자신은 한없이 초라하게 느껴지고 그 경계는 공격대상이 나였던 것이다. 그런 줄은 알겠지만 나는 다 받아줄 수가 없고 견뎌내기가 힘들었다. 어쩔 때는 그러고 있는 인예가 귀엽기도 했지만 그럴 때는 잠깐씩일 뿐이었다. 사실은 나도 경계였다.

초반에는 이 사람들 다 모르는 사람들이니 아무렇지도 않았는데 조금씩 시간이 흐르면서 서로들 친해지기 시작하는데 내향적인 우리 가족들은 모두 뻘쭘하니 섞이지 못하고 따로 놀았다. 호텔로 돌아오면 안심이 되는데 사람들과 어울리면 피곤하고 괴로웠다. 워낙 사람들이 하하호호 명랑 쾌활하니 우리 세 사람은 모두 따라가기가 어려웠다. 그나마 혼자 온 사람 중에 한 명이 부산 사람이라 반가워서 아는 체를 해봤더니 이 사람은 표준어를 쓰면서 우리를 멀리했다. 부산 사투리를 팍팍 쓰는 우리를 매우 우스워하면서 내 말을 따라 하면서 깔깔거렸다.

그런데 남편이나 나는 뻘쭘하고 불편하기는 하나 별로 문제가 되지 않았다. 우리끼리 좋고 관광이 즐겁고 사진 찍기 바쁘고 그러면 됐는데 인예는 자꾸만 경계였다. 일정이 반 이상이 진행되고서야 깨달았다. 인예는 그 사람들 틈에 섞이고 싶은 것이다. 세련되고 멋있고 젊은 오빠들 틈에 끼이고 싶으나 잘 못하니 괴로워서 나를 쑤신 것이다. 막판에는 그 사람들과 친해져서 나를 벗어나니 살 것 같았다. 결국 인예는 사람을 좋아하고 같이 어울리고 싶으나 수동적인 특성상 스스로 나서지 못하니 시간이 걸리고, 그렇게 되기까지 그 경계를 온통 나를 향해 다 푸는 것이었다. 그러나 나도 마찬가지로 수동적이어서 아이의 경계를 해결해줄 수가 없었다. 가만히 지켜보면서 우리 가족들은 모두 저 사람들처럼 저렇게 밝게 하하호호가 되지 않는구나, 우리는 이렇게 생겼구나 싶으면서 우습기도 하고 때로는 부럽기도 했다.

그런데 어쨌든 지금은 시간이 지나서 이렇게 분석은 되지만 그동안 인예에게 너무 많이 화내서 온통 생채기가 남은 느낌이다. 몇 차례 화해는 좋았지만 반복되다 보니 화해도 소용없이 서로 상처가 남았다. 나는 화내고 저는 움찔거리고가 패턴이 된 느낌이다. 내가 품이 크고 넓어서 아이의 경계를 다 안아줄 수 있었다면 훨씬 더 즐겁게 여행을 하고 왔을 텐데 내가 그러지 못하니 둘 다 부글거리고 왔다는 자책이 올라온다.

여행은 멀쩡한 사람도 헤어지고 온다고 하지 않았던가. 그렇다면 인예랑 이렇게 상처를 주고받고 온 것은 어쩔 수가 없지 않겠는가. 지금의 이 경계는 떠나기 전 이렇게 많은 돈을 들여서 가니 인예랑 더욱 친해져서 와야 한다는 내 보상심리 기대가 원인이다. 그리고 이런 마음들이 올라오는 것은 내가 선택할 수가 없는 것이다. 저절로 올라오는 것이다. 그렇다면 받아들일 수밖에 없구나. 집에 돌아와서도 인예에게 자꾸만 찝찝한 이유는 내가 더 잘했어야 한다는 자책으로 올라오는 마음을 거부하기 때문이다. 그때는 최선을 다했지만 어쩔 수가 없었으니 그 상처는 그대로 받아들여야겠다. 지금 괴로워하는 내 마음을 그대로 받아들이자.

유럽 여행으로 잃은 것이 인예와의 다툼이라면 얻은 것은 남편이다. 평소에도 좋았지만 여행으로 더 진해진 느낌이다. 남편은 여행 스트레스가 전혀 없는 것 같았다. 나는 사진에 별 관심이 없는데 남편은 우리 가족사진을 거의 혼자 다 찍었고 우리 가족의 안전을 꼼꼼하게 챙겼다. 소지품과 소매치기, 집시들 위험은 가이드가 어찌나 강조하던지 귀에 못이 박힐 지경이었다. 해보고 나니 별거 아니고 오히려 가이드가 유럽에 대한 우리의 이미지를 망치게 만들었다는 결론이 나오지만 하는 동안 내내 소지품 단속하느라 시간을 다 보낸 것 같다. 내 정신의 반을 다른 곳에 쏟느라 그 수많은 감동들을 오롯이 못 느낀 것이 매우 아깝다.

그런 위험 속에서 남편은 잊을 만하면 챙기고 잊을 만

하면 챙기면서 존재감을 드러냈다. 이 사람이 이렇게 꼼꼼한 사람이었던가 새삼 느끼고 왔다. 게다가 그 좋아하는 TV도 못 보고, 다른 할 일이 없다 보니 오로지 우리끼리만 즐기고 온 느낌이다. 저녁마다 와인 술상 차려서 앉아서 노는데 인예는 폰 하느라 안 끼어드니 결국 우리 둘이 신혼여행 온 느낌이었다. 더구나 여행 중에 남편 생일이었는데 나는 까맣게 잊고 있었고 남편이 달력 계산해보자고 해서 알게 되니 매우 미안했다. 만약 내 생일이었다면 길길이 화냈을 텐데 남편은 아무렇지도 않고 그날 컵라면으로 파티를 하자고 기대를 하는데, 이런 남편이 어디 있겠나. 정말 괜찮은 남편이라고 확인하고 왔다.

그런데 집에 돌아오니 텔레비전에 코를 박고 얼굴 마주치기 힘든 남편의 이미지는 변함이 없네.

참 즐거운 여행이었다. 패키지여행 15일 일정 중에서 절반 정도는 자유여행이라 본인이 코스를 짜고 대중교통으로 찾아다녀야 하는 프로그램을 일부러 선택했다. 수동적으로 따라다니는 여행은 의미 없고 그렇다고 가족 중 한 명도 영어가 쌀라쌀라 되는 사람이 없어 전체 자유여행은 무서웠다. 그의 바람대로 2주 동안 울고 웃고 지지고 볶고 진한 여행이 됐다. 이후로도 여러 차례 해외여행을 다녀왔고 그때마다 참 즐거웠다.

해주는 밥 먹고, 청소 안 해도 되고, 출근 안 해도 되고 이보다 더 좋은 일이 어디 있나. 요즘은 코로나로 인해 여행을 못 한 지 오래돼 아쉽다.

위기에 작동하는 경계 2015. 8. 27.

지난 주말에 교통사고가 났다. 엄마를 퇴원시켜서 마산으로 가는 길에 인예랑 남편을 내려주고 신호를 받고 있는데 뒤에서 쾅하고 박았다. 순간적으로 매우 놀랐고 머릿속이 하얘지면서 손발이 덜덜 떨렸다. 경계다 하는 말이 절로 떠올랐다. 교통사고가 났고 지금 경계가 왔을 뿐이라는 생각이 머릿속을 스캔했다. 정신을 차려서 차분히 처리하면 된다고 머리는 지시를 하는데 마음은 내가 처리하고 싶지 않았다. 놀라웠다. 내가 충분히 처리해도 되는데 나는 남편을 부르고 싶었다. 열차례 정도 전화를 했지만 안 받았다. 방금 내려줬는데 벌써 메뉴가 나와서 먹고 있는가 보다. 덜덜 떨리는 손으로 사고 났으니 전화 좀 받으라는 문자를 맞춤법 틀려가면서 보냈다.

밖으로 나와서 사진을 찍고 보험회사를 부르고 하면서 시간이 좀 흐르니 남편을 안 불러도 되겠다고 진정이 되었다. 남편이 도착했을 때는 이미 상황이 많이 진행

되었고 보험회사도 도착해서 공장에 차를 넣고 렌트카가 오고... 등 일사천리로 진행되었다. 굵직굵직한 결정들을 남편이 하자는 대로 다했다.

다 끝나고 돌이켜보니 이 마음이 우습다. 냉정하려면 얼마든지 냉정할 수도 있는데 나는 굳이 남편을 부르는구나. 이렇게 위기가 닥치니 나도 위로를 받고 싶어 하는구나. 대부분 내가 결정하고 내 마음대로 하면서 정작 큰 문제가 닥칠 때는 남편에게 의지하고 싶은 마음이 올라오는구나. 나는 이렇구나. 신기하고 재미있다.

만약 남편이 없었다면 침착해졌겠지만 남편이 있으니 이렇게 일부러라도 당황하고 싶은 것이 내 마음이구나. 이럴 때 남편이 있어서 나는 참 행복하구나.

이래서 결혼이 좋은 것이지. 혼자가 아니라는 느낌. 늘 남편만 부르면 다 된다는 든든한 느낌. 남편은 마트에서 무거운 장을 볼 때, 벽에 못을 박을 때만 꼭 필요한 사람이 아니다. 이런 남편을 만난 인연도 참 미스터리다.

그는 남편을 만나기 전에 미팅도 많이 하고 소개도 받는 등 이런 저런 사람들을 만나봤지만 연애라는 걸 잘 몰랐다. 별로 즐겁지가 않았다. 그러나 남편은 한 직장에서 만나 놀러 다니는 것이 참 재밌었다. 왜냐하면 그는 남편과는 절대로 연애를 할 생각이 없었기 때문이다. 그가 교사로 입직할 때 사회 분위기는 할 수 없이 교사라도 해야지 하는 격세지감의 시절이었다. 그도 교사는 아무나 하는 것이 아니라 천직의 소명감이 있는 사람만 해야 하는 특수 직업이라는 상이 있어 교사를 하지 않으려고 고민하다 시간이 저절로 흘러 하는 수 없이 교사가 됐다. 그러나 결혼은 절대 교사랑 하지 않을 것이라고 생각했기 때문에 당시의 남편은 그에게 전혀 고려 대상이 되지 못했다.

대학을 졸업하자마자 변두리 삭은 중학교에 처음 발령받아 보니 교사에게 필수품이 도장이었다. 온통 찍어야 할 곳 투성이었다. 당시에 학교마다 돌아다니며 도장을 파주던 아저씨가 있었다. 그 아저씨에게 도장을 주문하면 며칠 후에 가져다줬는데 그날 마침 그가 수업이 빈 시간에 아저씨가 왔다. 그의 도장은 찾았지만 아직 수업 중인 남편 때문에 한 시간이나 기다려야 하는 아저씨 사정이 눈에 들어왔다.

그가 대신 도장값을 내고 남편 도장을 받아뒀다 나중에 전해줬더니 남편은 도장값을 꼭 돈으로 줘야 하느냐며 밥을 사주겠다는 수작을 건넸다. 그는 이런 사람과는 결혼도 연애도 할 생각이 없었기에 흔쾌히 그러자고 했고 이후에 받은 걸 갚느라고, 이번에는 내가 사야 하니... 등으로 이어지면서 들로 산으로 놀러 다녔다. 아무런 부담 없이 그야말로 빈 마음으로 하하호호 돌아다니다 보니 결국 결혼까지 하게 됐다.

그의 삶에 진한 발자국을 남긴 남편. 이런 남편을 만나게 된 과정을 보면 도저히 해석이 되지 않는다. 그는 이렇게 하겠다 저렇게 하겠다 의도한 바가 전혀 없건만 번쩍 정신을 차리고 보니 남편과 함께 길을 걸어가고 있었다.

그는 남편과 연결되지 않을 길을 무던히도 돌고 돌아 결국 남편에게 왔다. 고등학교를 졸업하면서 지방의 대학은 눈에 들어오지 않아 서울로 원서를 썼지만 1차에서 떨어지고 재수는 죽기보다 싫었기에 하는 수 없이 2차로 약대에 들어갔다. 서울에서 한 학기를 다니면서 적성에 맞지 않아 자퇴하고 부산에 다시 내려왔다. 한 학기를 공부해 다시 대학에 들어가면서는 그렇게 싫던 사범대학을 엄마의 요구로 들어가게 돼 국어교사가 됐다.

첫 발령에서 만난 남편은 이미 그와 만나도록 프로그래밍돼 있었던 셈이다. 그가 아무리 자기 뜻대로 하려고 발버둥을 쳐도 그를 이끄는 큰 물줄기는 도도하게 흘러가고 있었던 것이다. 지금도.

남편 번뇌 2018. 8. 18.

저녁 먹고 그 자리에 그대로 앉아 과일을 먹으며 TV를 보고 있는 이때가 참 편안하고 느긋하다. 남편이 주섬 주섬 치우면서 설거지를 시작한다. 앗, 저 사람은 천천 히 해도 될 걸 또 못 견디고 먼저 하는구나. 전에는 그런 남편이 못마땅했다. 은근히 주부가 뭐하고 있느냐며 나에게 압박 주는 것으로 보여 미웠다. 그러다 그것이 내 분별이구나 보이며 남편의 특성을 편안하게 보게 됐다. 누구든 보이는 대로 먼저 하면 되지 싶었다. 그런데 지금은 다시 다르게 보인다. 남편은 지저분한 걸 싫어해 눈에 보이는 대로 설거지를 하고 청소기를 돌리고 분리수거를 하며 빨래를 해버린다. 나는 그런 것들이 상관없다 보니 항상 한발 늦어 결국 남편이 집안일을 많이 하게 됐다.

오늘 문득 남편의 번뇌가 보이면서 마음이 짠해지고 미안해진다. 내가 번뇌를 해결해줘야겠다 싶다. 과일 다 안 먹었지만, 뉴스 계속 보고 싶지만 벌떡 일어섰다.

남편이 반색을 하면서 좋다고 자기 일 하러 간다. 그동안 내가 진리공부 한다고 온통 딴 곳만 보고 있어 가족들이 참 허전했겠다 싶다. 이렇게 법공부 한다며 참 많이도 지었구나 참회가 된다.

남편의 번뇌가 곧 그의 번뇌다. 그가 곧 남편이기 때문이다. 우주만유가 곧 하나라는 사실이 조금씩 알아지는 요즘이다.

3
치열했던 친정 엄마 공부

엄마의 독선 2008. 11. 16.

밖에 있는데 인예가 전화를 했다. 집에 혼자 있는데 할머니가 지금 오신다고 했으니 못 오시게 엄마가 말리라는 내용이었다. 황당했다. 집에 나나 남편도 없는데 왜오겠다는 것인지, 우리 형편을 알 필요도 없이 본인이하고 싶은 대로 하겠다는 것이다. 뭐든 이런 식이다. 자기 마음대로 하고 상대방의 마음이나 사정은 고려대상이 안 되는 것이다. 전화해보니 도토리묵을 했는데 가져다주겠다는 것이다. 상대는 원하지 않는데 자기식대로의 사랑이다. 그러면 나중에 강서방이 학교 갔다가집에 들러서 가져오라고 전화할 테니 오지 말고 기다리라고 했다.

모임을 마치고 나오는데 엄마가 전화했다. 왜 강서방이 아직 안 오냐고. 그래서 다시 해보니 아직 일이 끝나지 않았으니 나더러 가라고 했다. 엄마 집에 도착하니 음식 냄새가 진동하는 것이 또 내 의사와 상관없이 저녁 준비를 하고 있었다. 나는 아침에 나와서 집에 혼자 있는 인예는 점심도 먹지 않아 빨리 집에 가서 밥 먹여야 한다고 하니 나 먼저 먹고 가서 애는 천천히 먹이라고 한다. 본인의 마음을 고집하느라고 다른 사람 마음이 하나도 안 보이는 것이다. 아직 어린 아이가 오후 5시가 되도록 점심도 안 먹었다는데 얼마나 배가 고플까에 대해서는 전혀 마음을 쓰려고 하지 않는 것이다. 화가 올라왔다. 왜 엄마는 늘 이런 식일까?

내가 저녁을 먹고 가나 봐라 하는 오기가 올라왔다. 가겠다고 하니 밥 먹고 가면 되는데 고집 피운다고 짜증을 낸다. 엄마는 물어보지도 않고 왜 밥 준비를 해 놓느냐고 하니, 오면 당연히 저녁을 먹고 가는 거지 물어볼 필요가 있냐고 한다.

1층으로 내려오니 남편이 기다리고 있고 오자마자 바로 가는 나 때문에 괜히 자기가 미안해서 엄마에게 이런저런 수습을 하고 있다. 그것도 보기 싫다. 차를 출발하려고 하는데 만 원짜리를 주면서 인예 갖다 주라고 한다. 뭔 난데없이 돈이냐고 그러지 말라고 하니 굳이 차 안으로 던져준다. 또 저런 식이다 싶어 나도 차 밖으로 돈을 던지고 차 문을 잠가버렸다. 그랬더니 남편에게 억지로 준다.

내가 억지 부리는 거나 엄마가 억지 부리는 거나 똑같다는 생각을 한다. 그 자리에서 배고픈 자식을 돌려보내는 엄마의 서운한 마음이 찢어질 거라는 생각도 한다. 뭐 그럴 거 있나. 대강 따라주고 마음 처리는 나 혼자 따로 하면 되지 하는 생각도 한다. 경계가 요동치니 경계에 져서 아무것도 하고 싶지 않다. 저렇게 독선에서 나오는 강요가 엄마의 업이고 몫이니 나도 모르겠다는 마음이다.

지난번에도 도토리묵을 했다고 가지러 오라고 했을 때, 내가 한 조각만 가져가면 된다고, 많이 가져가 봤자 냉장고에서 돌아다니다가 버리게 된다고 아무리 말해도 엄마는 세 조각을 넣어줬다. 언니도 줘야 하지 않느냐고 하니 언니는 작은 거 한 조각만 주면 된단다. 도토리도 언니가 주워 왔고 도토리묵을 좋아하니 나에게 하나만 주고 언니에게 두 개나 세 개 주라고 하니 상관없단다. 언니는 조금만 먹으면 되지 한다. 바로 옆 라인에 살기 때문에 항상 언니가 자식들 중에서 엄마에게 제일 잘하는데 늘 언니는 찬밥이다. 그것도 숨기려고 하지 않고 노골적으로 한다. 나에게는 일방적으로 쏟아붓고. 언니는 그런 엄마도 밉고 그 불똥이 나에게도 튀어 때로는 나까지도 미워한다.

한 번은 우리 엄마가 왜 저럴까 분석을 해본 적이 있다. 그것은 돈이었다. 엄마는 돈에 대한 집착이 강해 모든 것을 돈을 기준으로 판단한다. 언니는 엄마에게 몸 공양을 가장 열심히 하는데도 언니를 싫어하는 것은 본인에게 물질적인 이익이 별로 안 된다고 생각하고, 나는 늘 규칙적으로 용돈도 드리고 무언가 물건 같은 것도 잘 갖다 드리니 나에게는 늘 신세졌다는 미안함이 있는 것이다.

큰오빠에 대한 엄마의 이미지도 제 앞가림을 제대로 못해 본인에게 피해로 돌아온다는 전전긍긍이 있고, 서울에서 잘나가는 작은오빠는 엄마에게 늘 풍성하게 용돈을 드리니 어떻게든 그쪽에는 피해가 안 가고 편안하게 하려는 배려로 안달한다. 어쩌다 주변에 누군가 친절을 베풀면 의심을 한다. 저것이 돈으로 따지면 만 원도 넘을 건데 왜 저러지, 뭔가 꿍꿍이가 있는 게 틀림없고, 그렇지 않고 진짜로 친절한 마음임을 알면 그때부터 그 신세를 갚아야 한다고 늘 기회를 본다. 남에게 베풀지도 못하고 베풂을 받고 싶지도 않고.

엄마가 왜 그런지 나도 안다. 서른여덟에 과부가 되어 다섯 명의 아이를 혼자 키우느라 벅찼던 것이다. 살아남으려고 악착같이 살아온 것이 엄마에게 온몸으로 촉수가 되어 상대방을 겨냥하고 있는 것이다. 본인의 내공에 비해 삶이 너무 버거워 다른 사람에게 원망을 돌리는 것이 사는 에너지였다는 생각이 든다.

근데 나는 지금 왜 이렇게 엄마에게 걸려서 꼼짝도 못하고 끌려다니고 있는가. 도무지 경계를 넘어서지를 못하고 있는가. 나의 단점. 독선과 강요. 나는 이것만 해결되면 나의 큰 업이 녹을 것 같은데, 그 업이 바로 엄마에게서 길러졌다고 생각하니 엄마가 싫은 것이다. 이런 엄마를 만난 것이 나의 업이고 그 업을 녹이는 것도 내 몫인데...

글을 쓰다가 처음부터 다시 쭈욱 읽어봤다. 온통 엄마를 나쁜 쪽으로만 내몰고 있구나. 그것 말고 다른 수많은 장점은 안 보이고, 그리고 그 단점도 알고 보면 나름 이유가 있고 마음이 아픈 것인데 왜 이렇게 내가 헤매고 있는가. 이 마음은 뭔가. 엄마를 잔뜩 미워하는 마음은 도대체 뭔가.

치열한 엄마 공부. 5년쯤 걸렸다. 그가 우울증의 터널을 지나오면서 겪은 극심한 자존감 하락의 결론은 '나는 형편없는 사람'이라는 프레임이다. 지금의 자신이 마음에 들지 않으면서 주변에 충돌하는 정신적인 고통의 화살이 온통 그의 어머니에게로 향하던 때다. 그가 힘들수록 이 모든 것은 어머니가 잘못 키웠기 때문이고 현재 보이는 어머니의 행동들이 그를 지금 여기에 있게 한 결론이라고 공격해대던 때다.

어머니를 무던히도 괴롭혀 수많은 인과를 지었던 그이지만 당시 그는 너무 힘들었다. 어머니가 너무 너무 미워서.

과한 책임감 2008. 12. 11.

오늘 아침에 밥을 먹으면서 인예가 다섯 명이 갈 때는 둘씩 짝을 짓고 나면 자기만 짝이 없어서 속상하다는 말을 한다. 가슴이 찌르르하다. 이것이 왕따가 되어가는 것은 아닌가 하는 과장이 올라온다. 내가 어쩔 수 없는 인예 특성이 있고 인예 몫인데, 왜 마치 이것도 내 책임인양 생각이 드는 걸까.

이런 과한 책임감이 나에게 있구나. 그러니 나 자신을 향한 기대 수준이 매우 높을 수밖에 없고 기대 수준이 높다 보니 잘못한 일만 많이 보이고 잘못한 일이 많다 보니 늘 우울하고. 그렇구나. 나는 이래서 자주 힘들구나. 불쌍하다. 왜 이런 과한 책임감이 나에게 있는 걸까.

그러고 보니 내가 몸이 너무 힘든데 집안일이 밀렸을 때, 화도 나고 사는 것이 버겁다는 생각으로 몸서리치는 것도 과한 책임감과 관련이 있는 것 같다. 몸이 힘들면 쉬면 되는데, 집안이 쓰레기 더미로 엉망이 되더라도 일단 나 몰라라 하고 쉬면 되지 그러지 못하고 힘들 어하는 것도 책임감이다.

자라면서 특히 고등학교 때 나의 기억은 엄마 눈치 보는 일로 몇 년을 보냈다는 것이다. 그때 엄마는 허리 디스크로 매우 힘들었고 짜증을 입에 달고 살았다. 지금 생각하면 그때의 엄마가 지금의 나와 비슷한 심리가 아니었나 생각된다. 엄마는 디스크로 허리를 펴지 못하고 거의 기어 다니는 형편이었는데도 치료나 수술을 받지 못했다. 남편 없이 다섯 명의 자식을 키우느라 늘 하숙을 했는데, 그때도 그 일을 멈출 수가 없었고 특히 가장 경제적으로 힘들 때였다.

바로 위 오빠는 대학생이고 나는 고등학생이라 학비가 가장 많이 들 때인 것이다. 그런데도 엄마는 책임감으로 고생을 한 것이고, 그것이 버거웠고, 그 버거움은 자식들에게 화살로 돌아왔고, 그중에서도 나는 막내라서 엄마랑 접촉하는 시간이 많으니 나에게 가장 많이 돌아왔다. 엄마가 늘 하는 말, 나는 아무리 힘들어도 너희를 하나도 고아원에 보내지 않고 다 키워냈다는 말이 그토록 듣기 싫었는데 이제 보니 그때 엄마는 그런 생각들로 수도 없이 괴로웠을 것 같다. 그렇게 힘든 몇 년 동안 나에게는 엄마가 즐거운 표정을 지었던 기억이 하나도 없다. 늘 못 살겠다, 내 팔자야, 너는 그것도 못 하느냐, 자식이 아니라 원수다 원수… 등의 말을 들으면서 살았다.

그래도 나는 한 번도 대든 적이 없고, 공부는 알아서 잘했고, 그야말로 알아서 기었다. 앞으로 착하게 살아서 나중에 크면 엄마한테 꼭 효도해야 하고 나는 엄마한테 무조건 잘해야 한다가 저절로 세뇌되었다. 나는 우리 집에서 정말로 착한 막내였다. 언니 오빠들이 엄마에게 불만을 갖고 대들어도 나는 언니 오빠들을 설득했고 엄마를 위로했다. 그래서 엄마는 나를 가장 좋아하고 나에게 무조건적인 애정 공세를 들이붓는다. 근데도 난 엄마에게 한 번도 내가 원하는 사랑을 받아본 적이 없는 것 같고 엄마 식의 물질 공세는 너무나 싫다. 엄마도 나처럼 과한 책임감으로 몸부림쳤고 그것은 나에게 그대로 이어진 것 같다.

아, 엄마도 나도 감당하기 힘든 삶의 무게로 경계를 만나 고생하고 있구나.

그의 어머니는 30대 후반에 아이 다섯 딸린 과부가 돼 갑자기 세상의 모든 짐을 자신의 어깨에 얹은 듯한 공포에 시달렸다. 지긋지긋하던 농촌 생활을 과감하게 청산하고 도시로 옮겨왔지만, 세상을 헤쳐 나가는 일은 오직 어머니 몫이었다. 그가 어머니와 비슷한 나이 때 건너던 파란고해는 그렇게 외롭지는 않았다. 왜냐하면 친구도 있고 남편도 있고 스승도 있고 무엇보다 공부가 있었다. 그러나 그의 어머니는 아무것도 없었다. 매일 매일 손 벌리고 서 있는 자식들만 있었다. 그렇다고 아이들을 모두 버리고 나 몰라라 야반도주를 할 용기도 배짱도 없었다.

자고 일어나면 또 눈앞에 닥쳤을 난관들... 어머니의 외로움이 오롯이 다가온다. 그들을 고아원에 버리지 않은 어머니의 그 과한 책임감이 감사하고 감사하다. 인과는 털끝 한 올도 오차 없이 정확하다고 했는데 젊은 시절 그렇게 고생한 어머니는 자식들을 다 키워

낸 인생 후반에도 왜 그렇게 고생하고 가셨을까. 그가
모르는 어머니의 인과가 얼마나 많은 것일까.

소통 경계 2009. 10. 5.

추석 전날 큰집에서 일이 일찍 끝나 엄마 집으로 가봤다. 오후 5시가 다 되어가는데도 아무도 오지 않고 썰렁한 집에서 엄마 혼자 분주히 왔다 갔다 하신다. 마음이 짠해지면서 엄마랑 말만 해도 화가 슬금슬금 올라오지만 오늘은 마음을 단단히 먹고 순하게 진행해볼까 싶어 이것저것 말을 붙여봤다. 역시나 온통 불평불만으로 스트레스 가득이다. 큰아들이 화나서 이번 추석에는 안 오겠다고 해서, 서울에 있는 작은아들은 아직도 도착하지 않아서, 둘째 딸은 빌려간 돈을 갚지 않아서, 부추전도 부쳐야 하는데 할 일이 많아서... 등으로 팔자타령이 과격해지기 시작한다.

지금 할 일이 많아 온통 짜증이 나는 것 같아 보여서 위로한다고 한마디 보탰다. 엄마가 이렇게 힘드니 이제 누구랑 같이 살아야 되겠다, 그러니 적당한 자식 놈 점찍어 보시지 했더니 누기 있냐고 한다. 그럼 둘째 언니랑 살지 하니 노발대발 소리를 지른다. 이유인즉슨 언니의 그 많은 짐은 어떻게 하느냐, 그리고 무슨 날만 되면 언니 아들 가족들, 손자들이 자주 올 텐데 그거 귀찮아서 끔찍하다는 것이다. 내가 화가 나는구나 하면서도 화를 냈다.

이사하면 언니 짐은 정리하면 될 것이고 그 집 식구들 오면 언니가 일 다 할 건데 엄마가 뭐 귀찮을 거 있으며 게다가 그런 일은 가끔이고 대부분 언니가 집안일을 다 하니 엄마가 훨씬 편할 것 아니냐고 했다. 그랬더니 대뜸 "언니가 돌보기는 뭘 돌봐, 제 살기 바쁘지" 하면서 화를 펄펄 내시더니 드디어 막 우신다. 다른 집 자식들은 엄마가 아무것도 안 해줘도 바리바리 찾아오면서 지극정성으로 모신다더니만 우리 자식들은 하나도 똑바른 것이 없다, 내 팔자가 왜 이럴까, 내가 저것들 키우느라 얼마나 고생했는데 하면서 엉엉 소리 내어 우신다.

막 화를 내다가 갑자기 격하게 우니까 처음에는 황당했다가 마음이 좀 짠해지기도 했다. 엄마는 저렇게 스트레스가 많아서 모든 현실이 불만투성이니 참 안 행복하다, 뭔 일을 객관적으로 판단하지를 못한다. 엄마의 푸념을 들으며 옆에서 지켜보니 이 풀리지 않는 소통의 문제가 나에게는 버겁다. 나도 부정적인 생각으로 똘똘 뭉쳐 있는 엄마만 보면 부글부글하는데 언니 문제까지 해결해줄 힘이 없다. 그냥 있는 그대로 이 자리에선 엄마만 위로하자 생각하고 너무 슬퍼하지 말라고 했더니 그새 마음이 좀 풀렸는지 나올 때는 얼굴이 달라졌다.

추석날 늦게 다시 친정에 가니 사람들이 다 가버리고 엄마 혼자 기다리고 계셨다. 그래도 어제 엄마랑 마음속 이야기를 좀 해서 그런지 분위기가 한결 낫고 화도 덜 난다. 더구나 시중 들어줄 며느리가 없어 내가 일을 다 해야 하다 보니 엄마랑 이야기를 많이 나누게 되었고 일을 하다 보니 명절 뒷설거지까지 내친김에 하게 되었다. 엄마도 기분이 좋아지고 나도 엄마 미운 것이 덜해져서 나올 때는 좋게 해서 나오게 되었다. 얼마만의 분위기 개선인지 마음이 뿌듯했다. 엄마를 향한 미움이 해결이 너무 더뎌서 그 문제에서 빗겨나 있어 보려고 그동안 외면했다. 그런데 이번에 보니 오히려 자주 소통 안 하는 것이 더 악화시킨 것 아닌가 하는 생각도 들었다.

이제부터는 문제를 피하지 말고 자주 부딪쳐서 해결하는 방법을 써봐야겠다는 생각이 들었다. 그동안 엄마가 미우니 피하는 것이 좋은 방법이라고 생각했는데 엄마와 부딪쳐서 이런저런 이야기를 하다 보니 소통이 되어 순경이 오는구나. 이 순경을 보면서 나는 또 조심스러워진다. 이 분위기를 계속 이어가고 싶은데 엄마랑 또 미워지면 어쩌나.

지금 읽어보니 그도 엄마도 삶이 버거웠구나 싶다. 마음의 원리는 눈앞의 고통을 피하려고 공격의 화살을 돌릴 곳을 본능적으로 찾게 된다. 가장 만만한 곳으로. 그의 어머니는 그곳이 그였고 그에게는 어머니였다. 그렇게 둘은 생채기를 주고받았다. 도대체 무슨 인연일까. 지금 이 생에서 그 인연은 다했을까?

지금 그의 어머니가 살아 계시다면 그는 달라질까? 그가 의도하는 대로 방향이 잡힐까?

다시 보는 엄마 2013. 12. 11.

그동안 엄마가 공부 주제 단골이었다. 내가 마음공부를 시작하면서 화두였고 몇 년간 공부를 하다 하다 안 돼서 하는 수 없이 피경을 하면서 지켜보기로 했었다. 그러다 시간이 흐르고 이제는 어느새 많이 녹아서 훨씬 부드러워졌다.

전에는 사사건건 불만이었고 전화를 해서 반찬이나 김치를 가져가라고 할 때는 돌아버릴 지경이었다. 전화번호가 뜨는 것을 보고 일부러 안 받기도 한 것이 여러 번이다. 엄마는 영문도 모르고 늘 서운해했다. 엄마가 싫은 이유는 내가 싫다는데 왜 자꾸 주냐는 것이다. 난 내가 필요할 때만 엄마의 사랑을 받고 싶은데 엄마는 자기가 필요할 때 주려고 한다는 것이다. 거슬러 올라가서 내가 자라는 동안에도 원치 않는 과잉보호만 받고 정작 내가 필요한 사랑을 하나도 못 받았다는 단정을 하고 괴로워하기도 했다.

지금 분석해보면 어릴 때부터 자라면서는 내가 막내라서 또는 형제들 중에서 엄마랑 가장 가까웠고 찰싹 붙어 지냈으나, 내가 순탄치 못한 결혼생활을 겪으면서 그 화살이 모두 엄마에게 돌아갔다. 엄마는 오로지 엄마라는 이유로 내 모든 미움의 대상이 되었고 나는 내가 만든 미움으로 너무나 힘들었다. 이 고통으로 수도 없이 공부를 했으나 경계도 다 때가 있는지 아무리 공부해도 안 되더니 이제는 저절로 다 녹는 것 같다.

그러면서 엄마가 언제 돌아가실지도 모르니 살아 계실 때 즐겁게 해드리자 싶어서 언니들을 꼬드겨 계절마다 여자들끼리 놀러 다니는 여행을 주도하고 있다. 며칠 전에는 올해는 김장 안 하겠다고 했더니 할매 혼자서 20포기를 해놨다고 가져가라고 연락이 왔다. 예전 같으면 또 화가 머리 꼭대기까지 났겠지만 이제는 진짜로 고맙다는 마음이 우러났다. 엄마는 이렇게 나를 위해 그저 못 해줘서 난리구나 하는 그 마음이 진하게 느껴졌다. 그래서 김치 맛이 있든 없든 문제가 되지 않았다. 저렇게 나를 위해 오롯이 애정을 쏟는 사람이 엄마 말고 누가 있겠는가?

감사하고 감사할 일이다. 생각해보면 그동안 엄마에게 못할 짓도 많이 하고 가슴에 못도 많이 박았다. 이제는 화날 일도 별로 없고 그저 감사할 일 천지다.

이런 내 기운이 통해서인지, 요즘 앞니 사이가 벌어져서 좀 걱정이라고 했더니 엄마는 100만 원 줄 테니 내 이를 새로 해 넣으라면서 문을 열고 따라 나오면서까지 하라고 한다. 이렇게 기운이 통하니 구두쇠 자린고비 엄마가 돈을 내놓으시는구나 싶으니 웃음이 난다. 그동안 엄마 마음에 박은 못을 앞으로 두고두고 갚아야겠다.

"난 내가 필요할 때만 엄마의 사랑을 받고 싶은데 엄마는 자기가 필요할 때 주려고 한다는 것이다."

지금 읽어보니 무시무시한 말이다. 독선도 이런 독선이 없다. 어머니가 사랑을 주시는 것도 그가 필요할 때 딱 맞춰서 달라니! 뭐든 자신의 마음대로 하겠다는 탐심이다. 아찔하다. 지금까지 알고도 지었던 수많은 과오가 많고 많은데 이처럼 천지도 모르고 지었던 그

많은 인과는 또 어찌 다 받을 것인가. 죄 중에 가장 큰
죄가 무명이라고 하셨듯이 진리를 알아차리는 지혜의
눈을 하루빨리 떠야 하는 이유다.

후회는 이런 거? 2017. 7. 12.

일요일, 아침에 일어나니 엄마 부재중 전화가 26통이다. 일단 언니한테 먼저 해보니 엄마가 침대에서 떨어졌고 온 방에 변을 흘려놓았고 얼마나 아픈지는 모르겠으나 일단 오빠가 오고 있다고 둘이서 알아서 처리할 테니 너는 그냥 기다리고 있으라는 지시를 했다. 저녁 때 오빠랑 언니가 일단 수습했고 내일 응급차 불러서 병원에 가기로 했다고 말해줬다. 그러고 나서 엄마한테 전화해보고 상황 파악을 했다. 엄마는 꼼짝 못하고 누워 있는 상황에서 화장실 가고 싶은데 아무도 없어서 못 일어난다고 호소를 한다. 나는 어떻게 할 수가 없다고 하고 언니한테 전화하라고 미뤘다.

다음 날 오후에 파악한 내용은 고관절 골절로 수술해야 하고, 떨어졌을 때 그대로 움직이지 말아야 하는데 움직여서 뼈가 어긋나게 됐고 인공관절을 넣어서 수술해야 힌다는 것이다. 콩팥수치가 높아 위험해 수술은 다음 주쯤 봐야 되겠다고 한다.

그때부터 급속도로 인터넷 검색질. 노인의 80% 낙상 사고, 그중 3분의 1이 2년 이내에 사망한다는 건강보험공단의 통계가 있었다. 고혈압, 당뇨 등의 지병이 있을 경우 사망률은 50%로 높아졌다.

내 경계는 뭔가.

엄청난 일이 발생했다는 것, 늑대소년의 거짓말에 단단히 뒤통수를 맞았다는 것, 26통이나 부재중 전화를 보고도 빨리 전화하지 않은 것, 바로 달려가지 않은 것... 등

온갖 마음들로 요동쳤다. 그다음은 진즉에 일을 그만두고 엄마를 우리 집 근처로 옮겼어야 한다는 것, 요양병원으로 옮겼어야 한다는 것... 등 후회가 뭉게뭉게 올라왔다.

엄마가 고통스러운 전화를 했을 때 나는 지금 갈 수 없다는 정리를 재빨리 마쳤다. 월요일 오전까지 기사 마감으로 꼼짝할 수 없고, 나는 엄마의 위급을 내 업무

펑크 내는 것과 바꿀 수가 없었다. 이것이 참으로 냉정한 나로구나, 이후 큰일이 발생하면 후회할지도 모르지만 어쩔 수 없다고 결론 내렸었다. 그러나 후회는 생각보다 훨씬 아팠다.

내 마음은 정말로 큰일이 발생했는데 나는 내 일만 먼저 챙겨 나쁘다는 것이고 잘못했다는 것이다. 나는 상대방의 감정 공감능력이 떨어진다는 묵은 패턴으로 들어가는 것이 보인다. 아, 이렇게 온갖 마음이 다 나는구나. 이렇게 분탕질을 치는구나. 나는 엄마가 이렇게나 걱정되고 마음이 아프구나. 다 내 잘못이라고 생각하는구나. 내가 먼저 대책을 세웠어야 한다고 우겨대는구나.

그의 어머니는 건강염려증으로 늘 자식들을 오라가라 했다. 그러다 본인이 직접 구급차를 불러 응급실에 누워 자식들을 불러들이기도 했다. 결론은 늘 별로 특별한 것이 없었다. 그가 주로 어머니 케어를 담당했기 때문에 뒤치다꺼리는 주로 그의 몫이었다. 그도 점점 지쳐가면서 드디어는 큰언니 집 옆으로 이사를 하게 됐다. 처음으로 친정어머니와 함께 지내본 큰언니는 어머니의 성향에 적응을 잘 못했다.

합리적인 설명이 잘 안 먹히고 본인 고집을 꺾지 않아 큰언니의 케어와 자주 충돌을 겪었고 마침내는 큰언니가 저러다 쓰러질지도 모른다고 아슬아슬하게 지켜보고 있던 때였다. 결국 의식주가 해결되지 않는 지금 형편으로는 어머니를 어디 요양병원에 모셔야 하느냐로 서로 의견이 대립되던 때다. 그런데 덜컥 이렇게 침대 낙상사고가 나버린 것이다. 오래 그와 함께 익숙하던 어머니를 생전 처음 낯선 곳으로 보내놓고 당한 사고라 그의 마음은 찢어졌다. 그도 감당이 안 돼 언니에게 도움을 요청했는데 결국 이런 상황이 오게 되니 모두 자신 탓인 것만 같았다.

경계는 필요해서 오는 것이다 2018. 1. 9.

요양병원에 계신 엄마가 며칠 전부터 계속 펌이랑 염색을 하고 싶다고 졸랐지만 시간이 없어 미뤄오다가 드디어 오늘 갔다 왔다. 병원에서 옷 갈아입히고 차에 태우고 화장실에 따라가고 하면서 이제 엄마가 아기가 돼 내 보호 없이는 아무것도 할 수 없게 됐다 실감했다.

이제 모든 것을 자식들에게 의지해 작은 거 하나도 일일이 보조해야 한다. 언니 오빠들은 당연히 요양병원에 가야 하는 것이고, 집에 가고 싶다고, 요양병원이 싫다고 졸라도 노인들은 다 그런다며 자주 들여다보지도 말아서 엄마가 아무 소리 없이 병원에 적응하도록 해야 한다고 주장할 때 경계였다. 엄마는 다섯 명의 자식을 기르면서 잘 길렀니 못 길렀니 해도 먹이고 재우고 입혀서 이만큼 키워놨다. 그런데 이제 상황이 반대로 돼 엄마가 무자력(자력이 없음)해졌고 자식이 다섯 명이나 돼도 한 놈도 엄마를 돌볼 사람이 없어 요양병원 행이다. 참 아이러니다.

5개월 전만 해도 엄마는 큰언니가 보조했지만 멀쩡히 걸어서 센터 다니고 목욕 다니고 슈퍼 다니고 다 했다. 엄마의 독특한 성격은 큰언니를 자주 멘붕으로 만들어 더 이상 엄마를 맡을 수 없다고 두 손 두 발 다 들어버렸다. 자식들이 회의를 열어 아무리 고민해 봐도 방법이 없어 언니 오빠들은 당연히 요양병원이라고 고집했다. 멀쩡하게 자기 손발 다 사용할 수 있고, 요양병원으로 가기에는 아직 때가 되지 않았지만 누군가의 보조는 필요한, 과도기의 엄마가 우리는 너무나 힘들었다. 그렇게 하루하루를 마음 졸여가며 머리를 싸매고 있을 때 덜컥 침대 낙상으로 고관절 수술을 하게 됐다. 이제는 체력이나 정신이나 모두 급격하게 자력이 떨어져 수술을 마치면서 당연히 요양병원에 가게 됐다.

엄마 입장에서는 침대 낙상사고가 최악의 경계였을 것이다. 그런데 이제 자식들은 모두 한숨 돌리게 됐다. 경계는 필요해서 오는 것이라는 말씀이 가슴을 찔렀다. 엄마의 침대 낙상사고 경계는 자식들에게서 엄마를 놓여나게 하려는 것이었나 싶다. 이제 너희들 좀 쉬라고, 나는 요양병원에 있을 테니 너희들 살기 바쁜데 나한테서 손 떼고 너희들 볼 일 보라고 온 경계였나 싶어 가슴이 찡하다. 엄마가 의도를 했건 안 했건 이것이 부모의 마음인가 싶다.

내가 무자력할 때 키워낸 은혜, 엄마가 무자력할 때 자식 손 빌리지 않아도 되도록 경계를 불러들임. 이토록 아픈 부모은에 보은하는 길이 무언지 내가 걸어봐야 할 화두다.

그는 지금 어머니가 그립다. 눈물이 나도록 그립다. 어머니가 요양병원에 계실 때 그는 주기적으로 들러 머리 펌도 해드리고 염색도 해드리고 맛난 것도 사드리고 했다. 그때는 바쁜 시간을 이리저리 쪼개 가끔은 귀찮다 싶을 때도 있었지만 그래도 고분고분 그가 시키는 대로 하는 어머니를 볼 때는 짠하면서도 좋았다.

머리에 펌용 롯드를 감은 채 손톱에 분홍 매니큐어를 바르며 미용실 소파에 앉아 시켜 먹던 짜장면이 그렇게 맛있었는데...

엄마의 장례식 2020. 11. 11.

장례식장에 앉아 있는데 아무도 엄마 얼굴을 보려고 하지 않는다. 임종을 보지 못하고 바로 장례식장에 왔는데 모두들 기정사실화하고 엄마 얼굴 봐서 뭐하느냐, 내일 입관식 할 때 보면 되지 한다. 엄마를 앞에 두고 언니 오빠들은 실무적인 의논, 옛날 이야기 등만 하고 엄마의 죽음을 안타까워하거나 슬퍼하는 말들은 없다. 화장장에서 많은 수의 상주를 달고 온 죽음을 보면서도 우리 엄마는 별로 슬퍼하는 사람이 많지 않구나 하는 마음이 올라온다. 나는 엄마를 더 기억하고 싶은데, 다른 사람들도 더 기억해줬으면, 슬퍼해줬으면 싶은데, 그다지 간절함이 보이지 않아 쓸쓸하다. 납골당에서 마지막으로 엄마를 보내는 말들을 차례로 하고 남편이 오열하는 모습을 보니 엄마가 조금은 위로가 됐을 것 같다. 다들 말을 안 했을 뿐이지 슬퍼하고 있었구나.

그는 어머니 열반과 함께 매일 49일 동안 정성스럽

게 천도기도를 올렸다. 다음 생이 있는지, 영혼이 따로 있는지 아직 잘 모르겠지만 지금 그의 마음이 그랬다. 어머니는 이번 생에 와서 온통 고생만 하다 갔다는 그의 슬픔을 위로하는 의식이기도 했다. 49재 종재식에서 자식들을 대신해 그가 어머니 보내드리는 글을 읽었다.

양순금 영가 천도 기원 글

어머니 양순금 영가는 1932년 8월 10일(음)에 3남 1녀 중 외동딸로 태어났습니다. 그러나 외할머니가 일찍 열반하시는 바람에 외할아버지는 재취를 들이셨고 그 밑에서 세 명의 동생이 더 태어났습니다. 어머니는 아들도 아니고 그렇다고 친딸도 아닌 천덕꾸러기로 사랑을 제대로 받지 못하고 자랐다는 열등감이 많았습니다. 그렇게 공부가 하고 싶다고 졸랐지만 외할아버지는 여자는 공부하면 못쓴다고 학교를 보내주지 않았습니다.

예전에 대부분의 어른들이 그러했듯이 어머니는 남편 얼

굴도 보지 못하고 부모님이 정해 주신 대로 결혼해 혹독한 시집살이 속에서 2남 3녀의 자식을 낳았습니다. 말간 얼굴의 책상쟁이 한량 남편은 농삿일보다는 종이와 펜이 더 가까웠고 집안일과 들판일은 오롯이 어머니 몫이었습니다. 화사한 분홍치마 한번 입어보는 것이 소원이었던 젊은 어머니는 벼르고 별러 장에 가서 보리 판 돈으로 몰래 치마 한 벌을 사 왔습니다. 그러나 매의 눈으로 알아차린 시어머니에게 들켜 입어보지도 못한 분홍치마 때문에 호된 대가를 치러야 했습니다.

살림에 별 도움도 되지 못하고 그렇다고 아내에게 따뜻하지도 못했던 남편은 44세의 젊은 나이에 심장마비로 삶을 마감하며 어머니에게 험난한 앞길만 남겼습니다. 거의 연년생의 올망졸망한 다섯 명의 자식을 혼자 떠안게 된 어머니는 그때 나이 38세였습니다. 농사를 정리하고 셋방살이로 도시생활을 시작한 어머니는 공사판 막노동일을 전전하면서 주택 건축의 노하우를 익히게 됐고 목수를 부려 집을 지어서 파는 집장사로 재산을 불렸습니다. 한글도 몰랐던 어머니가 어려운 계약서와 수입 지출의 회계가 산적한 주택 건축 일을 억척같이 해낸 세월은 뭐든 잘할 수 있다는 자부심을 선물로 남겼습니다. 또한 세상은 매우 험난한 곳이라 남에게 당하지 않으려면 내가 더 공격적이어야 한다는 습과 자신은 항상 옳고 미래는 험난하다는 불안을 인과로 남겼습니다.

그 인과는 어머니에게 바른 눈을 가리게 해 자신의 삶은 오직 결핍임을 각인시켰고 평생을 가슴 졸이며 살게 했습니다. 한겨울에도 난방을 틀지 않아 차가운 냉방에서 전기세를 아끼느라 불도 켜지 않고 컴컴하게 살았습니다. 은행에 잔고는 쌓여 있어도 어머니 속옷은 늘 구멍이 나 있었고 가장 고급 외식은 짜장면 한 그릇이었습니다.

요양병원에서 가장 비싼 1인실을 쓰면서도 병실을 들어서면 형광등도 난방도 TV도 다 끄고 이불을 둘둘 말고 누워 있는 모습을 볼 때는 경계가 치성했습니다. 아무리 돈 내는 것이 아니라고 병원비에 다 포함돼 있는 것이라고 설명해도 보이는 대로 스위치를 다 꺼버리는 어머니를 보면서 평생 아등바등 불안 속에 모은 돈을 마음껏 한 번 써보지도 못하고 이렇게 삶을 마감하시는구나 가슴이 찢어졌습니다.

어머니는 참 약한 사람이었습니다. 남들에게는 억척같다,

세다, 대단하다 등의 평가를 받았지만 사실은 속으로 바들바들 떠는 사람이었습니다. 정말 강한 사람은 겉이 매우 부드럽듯이 어머니는 속이 약하니 겉이 강할 수밖에 없었습니다.

그렇게 약한 어머니가 바들바들 떨면서도 다섯 명의 자식을 반듯하게 키워낸 것은 대단한 일입니다. 지난 세월 위기 때마다 몇 번이나 쓰러질 듯 쓰러질 듯하면서도 결국은 꿋꿋하게 자식들을 잘 키워냈고 지금 다들 잘 성장해 세상에서 각자의 몫을 다하고 있습니다. 자식들이 자신의 눈으로만 어머니를 판단하며 어머니를 오롯이 있는 그대로 보지 못한 어리석음을 이제 용서하시고 따뜻하게 떠나시기를 법신불전에 기원합니다. 그렇게 평생 무서웠던 세월 속에서도 늘 경쾌한 유머로 주변을 밝히시며 오골오골한 다섯 명의 자식들을 훌륭하게 성장시킨 어머니, 그동안 수고 많으셨습니다.

어머니는 늘 아버지를 그리워했습니다. 입버릇처럼 아버지를 원망하고 지난 세월을 들춰내던 때는 바로 어머니에게 세상이 무서웠던 때였습니다. 자신에게 도움이 되지 못

했다고 불평했지만 사실은 어머니에게 남편은 든든한 기둥이었습니다. 어머니가 아버지를 원망하면 할수록 그 말은 바로 아버지를 원한다는 간절한 역설이었습니다. 이제 어머니는 그렇게도 원하던 아버지와 함께 납골당에 나란히 앉았습니다. 참 행복하실 것 같습니다. 이제 그 힘들고 무서웠던 세월, 든든한 남편 옆에서 편안히 쉴 수 있기를 빌고 또 빕니다.

어머니, 저희들이 많이 사랑했고 또 앞으로 두고두고 어머니를 기억하겠습니다.

4
지금 이 자리

퇴직을 결정하기까지 2015. 11. 24.

아직 명예퇴직 통보가 온 건 아니지만 거의 결정됐다고 생각하고 마음을 정리하고 있다. 한 번씩 혹시 안 되면 어떻게 할 거냐고 묻는 사람들이 있다. 내 대답은 그럼 아이고 좋아라 하고 감사히 받으면 된다고 하니 그럼 퇴직 결정이 나면 어떻게 할 거냐고 다시 묻는다. 그때도 내 대답은 아이고 좋아라 하고 또 "감사히 받겠습니다"이다. 퇴직을 하면 몸이 힘든데 쉴 수 있으니 좋고 퇴직이 안 되면 지금 현재 나의 모든 처지가 너무나 아까우니 이것을 다시 할 수 있어서 좋다. 이런 결론이 내려지기까지 나는 수개월을 치열하게 공부했다.

처음에는 몸이 너무 안 좋아 오로지 쉬고 싶은 마음에 퇴직해야겠다 생각했지만 결정을 내리기가 어려웠다. 왜 결정을 내리지 못하는지를 공부해보니 내가 꽉 잡고 있는 것이 있었다. 돈이었다. 10년 후 정년퇴직 시의 연금과 비교하면 매월 100만 원이 차이가 나고, 평균 수명이 길어지고 있어서 이제 인생 반을 살았다 생각하니 앞으로 남은 세월에 매월 100만 원이면 컸다. 나는 아픈 곳이 많아서 보험을 들 수가 없는데 이때까지 병원은 누구보다도 많이 다녔다. 그때마다 학교 보험이 있어서 혜택을 많이 봤는데, 앞으로 나는 병원 신세를 더 많이 질지도 모른다는 불안이 있었다. 이렇게 생각해보니 내가 돈을 꽉 잡고 있다는 것이 보였고 잡은 것을 보니 놓아졌다. 작게 먹고 작게 살면 된다 싶고 큰 병이 닥쳐서 병원비가 쏟아지면 그건 그때 가서 다시 공부하기로 했다.

다음은 나는 아직 너무 젊은 것이 아닌가 하는 것이다. 다른 사람들은 아직 열심히 근무하고 있으니 나랑 놀 사람이 없고 앞으로 남은 50년을 죽을 날만 향해서 멍하게 시간을 다 보내는 것이 아닌가 싶은 불안이다. 이것도 내가 큰 결정을 내리려고 하니 오지 않은 미래를 끌어와서 불안하구나 싶으니 놓아졌다. 어쩌면 비교적 젊은 나이에 그만두면 다른 세상이 기다리고 있을지도 모르고 쉬다 보면 다시 내가 하고 싶은 일들을 찾아낼 에너지가 생길 것이라는 생각이 들었다.

다음으로 내가 잡고 있었던 것은 앞만 보고 달려가는 것이다. 학교에서 아이들이 커가는 것을 보면 너무 예쁘고 이 아이들을 이렇게 키우고 싶다 저렇게 키우고 싶다는 욕심, 내 주변에 사람들이 너무 좋아 이 팀들도 만나고 싶고 저 팀들도 만나고 싶고, 가족끼리 단체로 놀러 가면 너무나 즐거워서 시댁도 날 잡아야 하고 친정도 날 잡아야 하고, 그리고 배우고 싶은 것도 많아서 악기도 배우고 싶고 춤도 배우고 싶고 인문학 강의도 듣고 싶고... 이렇게 나를 돌아보니 끔찍했다. 죽는 길인 줄도 모르고 앞만 보고 달려가는 레밍 쥐가 바로 나라는 생각이 자주 들었다. 이제 그만 멈추어야겠다, 나를 돌아봐야겠다 싶으니 지금 한번 끊어보는 것이 필요했다. 내가 하고 싶은 것들을 꽉 잡고 있다 싶으니 이것을 놓고 싶었다.

이렇게 퇴직을 결정하고 보니 세상이 다시 보였다. 아이들이 더 예뻐 보이고, 그동안 그렇게 불만이 많았던 교사라는 직업에 참 혜택이 많다는 것을 알겠고 강서고의 환경들이 그렇게 좋을 수가 없다. 이런 생각들이 몰려올 때는 퇴직이 아까워서 신청을 내지 말까로 또 고민이 되었다. 나는 또 이런 것들을 아까워하면서 손해 보지 않겠다를 잡고 있었던 것이다. 퇴직을 결정하면 퇴직을 꽉 잡고 있고 퇴직 안 하겠다고 결정하면 안 하는 것을 꽉 잡고 있었다. 문제는 퇴직을 하고 안 하고가 아니라 내가 이것도 잡고 저것도 잡고 있다는 것이다. 이걸 깨닫고 보니 나는 빈 마음으로 내가 하고 싶은 것을 결정할 수 있었다.

나는 현재 몸이 감당이 안 될 만큼 힘들어서 쉬고 싶다, 경제적으로 손해 보는 것은 감수하겠다, 현재 내가 경계로 이런 결정을 내렸다는 것을 후에 깨닫게 되고 그때 가서 아깝다는 생각이 들어도 나는 그것을 받아들이겠다는 결론이 내려졌다. 어떤 일이든 진짜 알맹이는 이걸 할까 저걸 할까가 아니라 내가 잡고 있는 것이 무엇인가를 보는 것이다. 현재 내가 어떻다는 것을 알고 나니 아무 문제가 될 것이 없었다. 이래도 되고 저래도 되는 것이다. 퇴직을 하면 쉴 수 있으니 좋고 퇴직이 안 되면 이 아까운 강서고를 다시 다닐 수 있으니 좋은 것이다. 이렇게 나는 퇴직을 결정했다.

그는 29년의 교직생활을 접고 10년이나 앞당겨 명퇴를 했다. 몇 개월을 고민한 끝에 내린 결론이라 퇴직 후에 닥친 여러 문제에도 경계가 오지 않았다. 하고 안 하고의 문제가 아니라 지금 내가 붙잡고 있는 것이 무엇인지 알면 되는 것이었다.

교직이 참 좋은 직업임에도 몸이 너무 힘들어 어렵게 퇴직을 결정해놓고 6개월도 안 돼 다시 취직했다. 원불교신문사에서 영남주재 기자를 모집한다는 공고를 보고 너무 하고 싶어 불쑥 다시 일을 잡은 것이다. 기자가 되고 보니 교직보다 더 힘들었다. 교직은 오랜 경험이 있어 닥친 일들을 처리할 수 있지만 나이 50대 중반에 새로 시작한 인생은 체력이 달려 적응하기가 매우 어려웠다. 그렇게 그는 똑같은 길을 다시 걷고 말았다.

경계 때 안 보이는 것들 2016. 8. 17.

기자 원서를 넣을 때는 헐렁한 일이라고 강력 추천하시는 분의 말에 동의했다. 본사 기자도 아니고 지방 주재이니 가끔 행사 있는 곳만 들락거리면 되겠거니 했는데 그게 아니었다.

그중에서 7일 일요일 배내에서 만일기도 결제식 취재는 압권이었다. 전국에서 400명씩이나 참여한데다 가장 어른이신 좌산 상사님 법문이 있는 날이고, 매우 더웠고, 강당의 에어컨이 잘 안 됐다. 행사만 3시간이 넘었고 운전 왕복까지 6시간 동안 땀을 뻘뻘 흘렸다. 게다가 카메라가 얼마나 무거운지 감당이 안 됐다.

밖에서 저녁을 사 먹고 집에 들어오니 9시가 넘었다. 이대로 쓰러져서 자고 싶은데 내일 아침 9시 전까지 기사를 보내야 해서 샤워만 하고 책상에 앉았다. 원불교 대형 행사 첫 취재이고 교도들의 열렬한 반응을 보면서 나도 감동이 되어 업되어 있었던 터라 기사를 어떻게 풀어내야 할지 감이 안 왔다. 쓰고 고치고를 반복해서 새벽 4시쯤 완성했다.

3시간쯤 자고, 익산 본사에 가는 날이라서 9시에 출발하려고 하는데 도우미 아주머니가 못 오신다고 문자가 왔다. 안 그래도 지난주에도 안 오셔서 집안은 빨래가 산더미고 거실은 떨어진 음식을 주워 먹지 못할 정도로 먼지투성이인데 이 일을 어쩌나.

일단 출발하면서 오늘 아주머니가 못 오신다는 문자를 가족 카톡방에 넣고, 최근에 내가 너무 바빠서 집안이 엉망이라서 미안하다고 쓰는데 눈물이 쏟아졌다. 내 처지가 서러워서, 지금 너무 피곤한데 쉬지 못해서, 힘들어 죽겠다는 눈물이다.

뚝뚝 떨어지는 눈물을 닦고 나니 좀 풀려서 운전할 기운이 났다. 어제 밤에 잠도 잘 못 잤는데 4시간씩이나 혼자서 운전을 잘할 수 있을까 걱정이 되었다. 내 마음이 경계를 불러온다고 마음을 챙겨봤다. 나는 잠이 오는 것이 아니다, 지금은 아무렇지 않다...고 되새기면서

갔더니 정말로 졸지 않고 도착했고, 몽롱한 머리인데도 정신없이 돌아가는 편집 회의에 빨려들어 갔다. 역시 나는 일을 앞에 두면 몸 전체가 저절로 각성 상태로 전환된다. 나의 장점이다.

점심시간에 용건이 있어서 친구에게 전화를 했는데 어디냐고 해서 익산이라고 했더니 기겁을 한다. 너무 강행군 아니냐고 너 잘못 들어간 것 같다, 이제라도 다시 사표 쓰는 게 어떻겠냐고 하는데 또 눈물이 쏟아진다. 서럽다. 나는 지금 너무 피곤하다. 또 좀 울고 나니 개운하다.

그런데 이것만은 분명하다. 나는 지금 경계다. 이 경계는 믿을 것이 못 된다. 너무 힘들고 피곤해서 눈물이 나지만 틀림없이 일시적인 것이다. 시간이 지나면 지금 안 보이는 것이 보일 것이다. 지금은 이 일이 고되고 많아 보이지만 초보 경계가 가라앉고 나면 여유가 생길 것이다. 지금은 도대체 어디서 여유가 생길 것인지 짐작도 안 되고 계속 그럴 것처럼 느껴진다. 그러나 분명히 생길 것이다. 이렇게 생각했기 때문에 이 직업을 잘못 선택했다는 후회는 전혀 하지 않았고 그만두라는 주위의 말들이 콧등으로도 안 들렸다.

그때로부터 1주일이 지났다. 이제 한 가지는 보인다. 고되어 보이는 일 틈 사이로 구멍이 있다는 것이. 학교 갈 때처럼 아침에 규칙적으로 일어나지 않아도 되고 집에 있으면서 내 편한 시간 조절도 되고, 취재 약속도 내 스케줄에 맞출 수 있는 가능성이 있다.

한 달, 두 달, 1년, 2년이 지나면 더 많은 것들이 보일 것이다. 벌써 원불교에 대해서 알게 된 것이 많다. 오래 하다 보면 그것들이 얼마나 많을 것이며 나를 얼마나 성장시킬 것인지가 짐작이 된다. 만나는 사람들이 대단하다. 그 사실들을 글로 다 담아낼 수 없어서 안타깝지만 사람들의 마음과 마음에서 전해지는 기운들이 보인다. 열심히 신앙생활 하고 정성을 다하는 기운들이 나에게 번져오는 것이 느껴진다. 이 또한 지금의 일시적인 경계일 것이다. 일시적으로 지나가는 것이라고 소중하지 않은 것은 아니다. 나중에 오래되면 또 다른 색깔로 원불교가 다가오겠지만 현재의 이 기운은 나에게 소중한 경계다.

경계는 안 믿는다 2016. 10. 12.

지난주까지 엄청 바빴다. 성주 두 번, 울산, 경주, 부산 등 취재도 많았고 신앙인 취재까지 부담이 큰 기사도 있어 너무 힘들었다. 가족들 챙기기는커녕 내가 밥 먹을 시간도 잘 없어 물에 밥을 말아 훌러덩 마시고 계속 일하거나 운전하면서 김밥으로 점심을 때울 때도 여러 번이다. 어떤 때는 때를 놓쳐서 김밥이 쉬어버려 굶다시피 할 때도 있었다. 그러면 최악의 컨디션으로 희망이 안 보였다. 너무 힘들다. 취직을 잘못했다. 사람이 신의를 지키려면 최소한 2년은 근무해야 하니 그만둔다고 말하기도 어렵다. 연간계획을 훑어보니 줄줄이 큰일들이 남았다. 게다가 이사도 가야 하는데... 시간이 지나면 좋아질 날이 있을 것 같지가 않다.

특히 지난 토요일이 가장 고비였다. 토요일, 일요일 이틀 밤샘을 해도 다할 수 있을까 걱정인데 다른 일정들이 빽빽했다. 그렇게 월요일을 넘기고 푹 자고 화요일 아침이 되니 다른 세상이 펼쳐졌다. 일단 이틀 정도는 내 볼일을 볼 수 있는 여유가 생겼다. 경계가 가라앉고 이것도 할 만하다 희망이 보인다. 내가 적절하게 조절하면 되지 싶은 틈새가 보인다. 어제까지는 전혀 보이지 않던 틈새다. 이 일이 끝나도 다음 일, 또 다음 일이 줄줄이 있어서 숨을 못 쉬겠다 싶었는데 전혀 다르게 보인다. 신기한 일이다.

며칠 전 매우 힘들 때, 그만두고 싶다는 경계가 올라왔지만 이건 지금 이 순간에 올라오는 마음일 뿐, 진짜가 아니다. 며칠 지나면 분명히 다른 마음이 올라올 것이라고 믿었듯이 지금은 전혀 다른 마음이다. 그와 마찬가지로 지금의 이 여유도 경계다. 할 만한 것 같고 편안한 이 마음도 지금 이 순간의 마음일 뿐, 믿지 않는다. 시간이 지나 일에 쪼들리면 또 힘들다, 그만두고 싶다는 마음이 올라올 것이다.

그러면 그때 돼서 또 경계구나 하고 공부하면 된다. 공부할수록 일분일초가 모두 경계일 뿐 진짜가 아니니 속을 필요가 없다는 것을 알겠다. 그러나 경계 속에 있을 때는 안 보인다. 안경을 끼고 허우적거리기 때문이다. 방법은 안경을 벗어버리는 것이다. 그런데 경계 속에 있을 때는 안경을 벗을 줄을 모른다. 안경을 끼고 있다는 사실을 모르니 안경을 벗어야겠다는 생각조차 못한다. 그러니 안경을 끼고 있다는 사실만 알면 게임 끝이다. 내가 안경을 끼고 있구나를 알면 이것이 진짜가 아니고 가짜이구나 하게 되고 휘청거리지 않게 된다. 휘청거리더라도 넘어지지는 않는다. 물론 이 순간도 나는 또 다른 안경을 끼고 있다.

100% 공감은 가능한가 2018. 1. 10.

교사직무연수를 진행하면서 여러 가지 감상이 올라왔다. 참가자들께 정성을 다하자 다짐했지만 준비하는 샘들은 대단했다. 아침에 삶은 계란을 따뜻하게 보관하기 위해 스티로폼 박스 안에 수건으로 꽁꽁 싸매 들고 오는 혜영샘, 호박죽과 수제 요구르트, 식혜 등을 바리바리 준비해 온 공샘을 보면서 감탄이 절로 나왔다. 전체적으로 연수가 차질 없게 진행되기 위해 빠진 일은 없는지 체크하는 데 정신을 쏟은 나로서는 가슴형 사람들의 특성이 놀라울 뿐이었다. 그러면서 한편으로는 너무 오버하는 거 아닌가, 가슴형 사람들은 못 말리겠다, 흥칫뽕! 하는 마음이 올라왔다. 사람들은 이다지도 다르구나 하는 이해가 와닿았다.

그런데 초청 강사 강의 시간에 머리형, 가슴형, 장형으로 나눠 미션 발표를 할 때였다. 그 많은 선생님들이 거의 대부분 장형과 가슴형이고 머리형은 수현님과 나 둘 뿐이었다. 인원이 너무 적다고 애매해하시는 두 선생님을 우리 유형에 가라고 해 함께 미션을 풀고 있었다. 고층빌딩에서 불이 났을 때 가슴형 두 선생님은 옆 방을 두드려 사람들을 대피시킨다, 가족을 찾아본다, 아이를 챙긴다 등의 말을 하는 걸 보면서 머리를 한 대 맞았다. 수현님과 나는 화재 상태를 확인하고 신고하고 소화기를 찾는다 등 사태 파악에 초점이 있지, 사람은 전혀 떠오르지 않았다.

사람들이 참 다르구나, 머리로는 수도 없이 이해했지만 급할 때 입에서 저절로 튀어나오는 말들을 보면서 내가 그동안 상대를 공감한다는 생각들이 얼마나 허상인지를 깨달았다. 누군가를 100% 이해한다는 것은 근본적으로 불가능하겠구나, 그야말로 사람은 세포 속까지 다를 수밖에 없구나 느껴졌다. 상대를 이해하고 공감하겠다는 어설픈 말보다는 그냥 있는 그대로를, 다름을 온전히 수용할 수밖에 다른 방법이 없구나. 그냥 거기에 그 사람이 있을 뿐, 달리 무엇이 필요할까.

그동안 상대를 있는 그대로 수용할 수 없어 무던히도 노력해왔다. 내가 어떤 사람인지 알게 되면 상대방 마음도 보이고 그러면서 상대를 받아들이는 데 참 도움이 됐었다. 그러나 상대를 공감하려 할수록 상대를 받아들이는 것이 힘들다는 반증임을 알겠다. 공감한다는 말은 이해 되면 받아들이겠다는 또 하나의 전제가 아닌가. 공감하고 말고가 아니고 그냥 그대로, 거기 있는 그대로 받아들이는 것, 그것이면 되는구나 하고 깨닫는다.

나는 화가 난다 경계 2018. 3. 8.

아침에 경북에 취재 가면서 저녁 때쯤 돌아온다고 같이 밥 먹자고 남편한테 미리 말해 놨다. 집에 오니 녹초가 돼 손가락 하나도 까딱하기 싫어 배가 고프지만 남편이 올 때까지 기다렸다. 양손에 장을 봐 들어오는 남편을 보는 순간 화가 났다. 분명히 외식하자고 했는데 왜 집에서 먹으려고 준비하느냐고 하니 집에 반찬이 많이 있으니 집에서 먹자고 고집한다.

똑같은 일이 반복되는구나. 경계다. 나는 피곤해서 나가서 사 먹고 싶고 남편은 땀을 흘려 옷이 엉망이라 샤워해야 하니 나가기 싫어한다. 자기 하고 싶은 대로 하려고 하는 마음이 서로 충돌하는구나. 나가기 싫어하는 남편도 나가고 싶어 하는 나도 다 이유가 있고 이해된다. 그러나 경계는 경계다. 멈추는 것밖에 방법이 없다.

소파에 앉아 눈을 감고 심호흡을 했다. 배는 고프고 몸은 피곤하니 너무 화가 나서 눈물이 나려고 한다. 지금

186

나는 너무 화가 나는구나. 이렇게 부글부글하는구나 하면서 가만히 있었다. 나는 경계를 다스리고 있는 중인데 남편은 내가 삐진 것으로 생각하고 눈치를 본다. 그러건 말건 나는 나대로 멈추기 훈련을 하고 있었다. 아, 나는 지금 너무나 화가 난다, 지금 그렇다 하면서 머리를 흔들었다.

3분쯤 후 그냥 그걸로 끝이었다. 머리를 비우고 옷을 갈아입고 나와서 밥을 주섬주섬 차리는 사이에 다 끝나버렸다. 남편은 자기 좋아하는 돼지고기를 굽고 나는 내가 좋아하는 된장찌개를 끓여서 각자 자기 좋아하는 밥을 먹었다. 뉴스를 보며 오순도순.

그동안 해왔던 방법, 지금 내 마음이 무엇인지 들여다보고 왜 이런 마음이 나오는지, 나의 어떤 특성, 주착심 때문인지 분석하고 이해하는 작업들이 경계를 밀어내려고 하는 마음들이었음이 보인다. 그냥 이 경계를 그대로 오롯이 받아들이는 것, 그것이 끝이다.

치열하게 공부한 끝에 29년 교직 명퇴 결정은 잘 내렸지만 그의 공고한 습인 새로운 일을 만나면 가슴이 뛰고 눈이 반짝이는 패턴에 저절로 빨려들어 갔다. 신문사 기자라는 매력에 흠뻑 빠져 참으로 고생했던 6년이다. 가만히 있으면 퇴보하는 것 같은 망념에 빠지게 만드는 에고의 장난에 고스란히 말린 인과다. 그러나 거기엔 그는 없고 물결만 있다. 그가 살아온 세월만큼 그 물결에 흘러 다닌 결과이니 좋고 싫고가 어디 있겠는가. 그렇게 그는 살아지고 있었을 뿐임을.

의식의 작용 공부 2018. 3. 20.

20년 넘게 불러온 도우미 아주머니를 끊은 지 3개월이 됐다. 별일 없다. 그 과정이 공부다. 구석구석에 먼지가 굴러다니는 걸 보면서 청소기 돌려야 하는데...오늘은 할 일이 많아서 안 되겠다, 오늘은 피곤해서 안 되겠다, 오늘은 날씨가 너무 추우니 창문을 열지 못해 안 되겠다, 오늘은 가족들이 다 있어서 안 되겠다...등으로 안 되는 이유 투성이다. 안 된다 싶으니 먼지가 더 거슬리고 경계가 커졌다. 그뿐만이 아니다. 가스렌지 청소, 욕실 청소, 빨래, 싱크대 등 모든 걸 한꺼번에 할 걸 생각하니 엄청났다. 평소에 안 하던 일을 하려니 엄두가 안 나 경계 부피가 더 커졌다. 며칠 째 시작은 하지 않고 저걸 해야 하는데...라는 경계로 묵직하다.

실체가 없는 의식의 작용으로 분별과 집착이 만들어낸 고통이다. 앞뒤에 토를 달지 말자. 그냥 하자 마음먹었다.

먼지가 눈에 보이는 순간, 의식에 달라붙었던 주변 환경 모두 떼어내고 청소기를 돌렸다. 할 만했다. 다 돌리고 나니 피곤해서 나머지 청소들은 패스했다. 며칠 후 양치를 하다 변기 주변이 지저분한 걸 보지를 못하겠다. 욕실 두 곳 변기 청소를 다 했다. 하다 보니 세면대 주변이 지저분했지만 오늘은 피곤해서 여기까지만 하기로 했다.

어느 날은 설거지하다 가스렌지에 꽂혀서 청소하고 또 어느 날은 샤워부스 등 아무 때나 눈에 보이는 대로 마음 가는 대로 했다. 그렇게 3개월이 흘러 집안은 그런대로 굴러간다. 내 일에 크게 방해받지 않으면서도 집안일도 병행됐다. 다만 아주머니가 오실 때는 하루에 모든 일이 진행되니 청소했다는 반짝거림으로 개운했지만 지금은 항상 청소가 덜 된 느낌으로 지저분한 상태가 거슬림으로 남은 아쉬움이 있다. 그냥 그렇게 살기로 했다.

이렇게 의식의 작용을 떼어내고 되는 대로 하다 보니 청소가 경계 없이 척척 해지는 놀라움이다. 그동안 내가 붙여놓은 분별 집착들로 내 무게를 내가 만들어왔음이 보인다. 이렇게 삶이 하나씩 가벼워지고 있다.

밤을 꼬박 새며 2018. 9. 30.

3박 4일 마음공부 훈련. 11시에 잠자리에 들며 새벽 5시에 프로그램 하러 가야 한다는 부담을 느낀다. 푹 자야 한다, 푹 자야 한다...

그때부터 내 고통은 시작됐다. 푹 자야 한다. 말똥말똥. 푹 자야 한다. 코고는 소리. 같은 방 두 동료가 양쪽에서 우레와 같은 소리로 코를 곤다. 온갖 노력에도 부질없이 1시, 2시, 3시...

내 뜻이 무엇인가. 반드시 자야한다. 뜻이 고정돼있음을 아니 접어진다. 차라리 안 자기로 한다. 법문을 종류대로 다 읽고 좌선도 했다. 그러다 훈련을 와 있는 동안 염불 공부를 못해 잘됐다 싶어 코 고는 소리를 염불로 대체해보기로 했다. 코 고는 소리에만 집중한다. 듣는다는 마음이 내려놔지지가 않고 잔뜩 듣고 있는 내가 있다. 눈이 멀어버릴 때까지 소리를 보기로 하고 소리를 보고 또 본다. 아무리 봐도 눈이 멀어지지가 않는다. 4시가 넘었다. 이제 좀 있으면 일어나야 한다. 문득 허망한 생각이 올라왔다.

'잠이 안 온다.'

이 일 하나밖에 없는데 나는 5시간 동안 무엇과 씨름하고 있었나.

잠이 안 와서 안 잤다!

이 일 말고는 아무 일도 없다~~~ 입에서 휘파람이 절로 나온다.

참회합니다 2021. 1. 18.

상대방과 이런저런 이야기 끝에 상대가 나에게 틀렸다고 한다. 이건 이거지, 어떻게 그게 저거냐면서 너는 잘 알지도 못하면서 그런 식으로 우기더라...라고 한다. 서로 자연스럽게 대화하고 있었는데 갑자기 날벼락이 날아와 마음이 요란해졌다. 나를 비난하고 비아냥거리는 말로 들린다. 순간 분노가 확 올라오면서 너무 억울해 눈물이 나려고 했다.

마음이 달려가는 걸 멈추고 가만히 있었다. 가슴이 벌렁벌렁하다 못해 한쪽이 아려왔다. 가만히 있고 싶은데 가만히 있지 말라고, 빨리 머리를 돌려보라는 충동이 잠시 올라왔지만 바로 접어졌다. 대신 눈물이 나도록 아픈 만큼 그동안 지어놓은 인과로 마음 깊숙이 참회가 되면서 다시는 내가 내 발등을 찧는 일은 없어야겠다 다짐이 됐다.

상대가 내 눈치를 보는지(내가 그렇게 생각이 됐다)

2~3분 침묵이 흘렀고 그 침묵도 가만히 지켜만 봤다. 좀 있다 상대가 다른 말로 화제를 돌리는데 마음에 고통을 그대로 둬도 아무렇지 않게 응대가 됐다. 처음의 분위기로 다시 돌아가 즐겁게 놀다가 돌아왔다.

그렇게 번뇌는 번뇌 그대로 아무 문제가 되지 않고 흔적이 없어져 버렸다.

둘을 다 놓든가 둘을 다 가지든가 2021. 2. 1.

시골에서 마당을 둘러보는데 어느새 잡초가 빼곡히 올라온다. 아, 벌써 올해의 노동이 시작된 건가 하고 겁이 좀 난다. 눈에 보이는 대로 잡초를 뽑다가 자세히 들여다보니 지난 가을에 심어놓은 구근에서 싹이 올라오고 있었다. 가장 애정하는 곳에다 튤립 구근을 심어놓고 4~5월쯤에 꽃을 보리라 생각하고 있었는데 이미 제법 싹이 고개를 내밀고 있었다. 아직 얼음이 어는 영하의 밤이 계속되고 있는데 어느새 싹을 밀어 올리고 있었다. 기적으로 보였다. 환희가 솟아올라 카메라를 갖다 대었다.

아— 내가 잡초가 벌써 나왔다고 투덜거렸더니 어느새 꽃이 올라오는구나. 모든 것이 얼어붙은 겨울엔 잡초가 없어 할 일도 없으니 참 좋았지만 대신 꽃을 보지도 못한다. 잡초와 꽃은 동시다. 잡초가 싫으면 꽃도 볼 수 없다. 둘 중에 하나만 가질 수가 없다.

마음에 올라오는 좋은 감정, 나쁜 감정 분별해놓고 어

떤 건 취하고 어떤 건 밀어내고... 내 고통이 바깥 경계
에 있지 아니하고 좋은 것, 미운 것 분별해놓았다는 데
있었음을, 다 아는 사실을 눈으로 확인하니 경이롭기까
지 하다.

나에게 올라오는 모든 감정은 좋은 것이 있으면 동시
에 나쁜 것이 있어, 둘은 동시에 존재하는 것이지 하나
만 있을 수가 없음을 또 한 번 확인하는구나. 좋은 것
과 나쁜 것은 짝인 것을.

생각, 믿을 게 못 된다 2021. 4. 20.

요즘 박태기나무에 꽂혀서 가슴이 콩닥콩닥하며 어떻게든 구해서 마당 한가운데 화려하게 심고 싶다. 아침에 마당을 돌아보며 그 자리에 떡하니 자리 잡고 있는 홍가시나무를 보며 박태기나무에 대한 생각이 깨끗이 접어진다. 작년에 홍가시에 꽂혀 몇 달 동안 매달렸던 즐거움이 지금의 박태기나무로 옮겨온 것이다. 홍가시건 박태기나무건 모두 스쳐 가는 순간의 생각들로 실체가 없다. 마당 조경에 꽂혀 식물을 심고 옮기고를 반복하다 보니 깨달음이 온다. 아무 의미 없는 일이다. 생각이란 한순간도 머물러 있는 법이 없어 끝없이 변하는 것이 진리인데 순간에 올라오는 생각을 붙잡고 일희일비하고 있는 어리석음이 선명하게 보인다.

애지중지 심어놓은 꽃들 사이에 잡초가 무성하니 스트레스다. 저놈의 것을 다 뽑아야 하는데, 시기를 놓치면 일이 더 커져서 힘들어지는데, 아이구 허리야 하면서 시달린다. 또 다른 박태기나무다. 잡초 스트레스가 쑥 내려간다. 나중에 뽑아야지 느긋해진다.

남편이 카드 긁은 내역이 슝슝 날아온다. 집에 들어온 남편 손에 쇼핑 물건이 한 가득이다. 트레이닝 바지, 티 등 내 손을 거쳐서 철저히 검증하고 샀던 품목들을 이제 자기 마음대로 사 온다. 서랍에 있는데 나에게 물어보지도 않고 해버리는 이중 지출로, 낭비라 여겨진다. 박태기나무다. 아무 문제 없다.

동양란 화분을 관리할 때는 통풍과 물주기가 매우 중요하다고 내가 입이 닳도록 설명했건만 많은 화분들을 저 세상 보내고 나서 이제야 나랑 똑같은 말을 하면서, 흙이랑 기타 도구들을 잔뜩 사 와서 분갈이를 한다. 내 말을 안 듣는구나 서운함이 올라온다. 이 생각 또한 실체는 박태기나무다. 모두 내 생각이다. 한 생각 돌리니 지금이라도 식물에 관심이 옮겨가는 남편이 기특하다. 예전에는 나에게 물어보지도 않고 아궁이에 나오는 재를 숲속에 갖다 버리더니 이제는 가득 모아놓고 내가 필요한 곳에 쓰라고 한다.

전문인 취재를 마치고 저녁 모임이 있어 밤늦게까지 시간이 이어지며 솔솔 올라오는 불안을 본다. 일찍 자야 내일 일찍 일어나서 글을 쓸 텐데... 박태기나무다. 원래 아무 일이 없는데 지금 올라온 생각에 속는 중이다.

아침에 일어나서 글쓰기를 시작해야 하는데 벌써 세 시간째 다른 일들로 시간이 다 흘러가고 있다. 또 불안이 올라온다. 박태기나무다. 아무 일도 없는데 지금 올라온 생각에 속는 중이라 싶으니 불안이 쑥 내려간다. 일기 쓸 여유도 생겨 글쓰기를 제쳐놓는다. 글 써야 한다는 불안이 군데군데서 슥슥 들락거리지만 이 생각에 속지 않는다. 모두 박태기나무이기 때문이다.

행복 2021. 12. 1.

2박 3일 제주도 여행을 가는데 아무 생각이 없다. 아는 사람도 한 명 없고 바쁘기도 해 몇 시에 어디로 가는지 일정만 체크하고 아무 생각 없이 그냥 갔다. 처음 보는 사람들과 인사하고, 처음 보는 사람과 한 방을 쓰고, 처음 보는 사람들과 밥 먹고 공을 쳤다. 모든 것이 만족스럽고 매우 행복했다.

2박 3일 파크골프 테마여행이니 호의호식하고 올 거라는 기대를 하나도 하지 않았다. 그런데 호텔도 만족스럽고 매 끼니마다 식사도 훌륭했다. 그냥 어디 가서 된장찌개 정도 먹겠거니 했는데 가는 곳마다 훌륭한 밥이었다. 이런 사람, 저런 사람 독특한 분들도 많고 모두 할머니 할아버지 수준이었는데도 아무렇지도 않고 다 좋게만 보였다.

결론적으로 나는 매우 만족하며 돌아왔고 보는 사람마다 좋았다고 말하는데 나중에 알고 보니 불만인 사람도 많았다. 음식도 별로고 호텔도 그냥저냥이라고. 게다가 내가 그렇게 재미있었던 파크골프장도 수준이 낮다는 둥 이렇게 말하는 분도 있었다.

정말로 내 행복은 내가 만드는구나 실감했다. 나는 그렇게 즐거운데, 괴로운 분들도 있구나. 원인은 최소한 이 정도는 돼야지 하는 기대, 뜻을 세워놓았던 사람들은 하나같이 실망하고 얼굴을 찌푸렸다. 행복은 대상에 있지 않고 내 마음에 있음을 눈앞에서 확인하는 여행이었다.

다만 내가 이 진리가 경계마다 확인되지는 않고 경우에 따라 확인되는구나 반성이 되니 마음이 바빠진다.

뜻 내려놓기 2022. 2. 8.

7명이 한 숙소에서 밤을 새우게 돼 오늘 밤 잠은 다 잤다. 잠을 자야 한다는 뜻을 내려놓기로 한다. 같은 방 동료가 코를 골기도 하고 화장실을 들락거리기도 하는 소리를 다 들으며 자다 깨다를 반복했다. 자야 한다는 뜻이 없으니 고통도 없다.

여행지에서 여기저기 돌아다니는데 잠이 부족한 데다 일정도 빡빡해 몸이 피곤하다. 몸이 개운해야 한다는 뜻을 내려놓으니 괴로움도 없다. 단지 피곤한 몸을 있는 그대로 바라보기만 한다.

최근에 두드러기로 고생 중인데 특히 어젯밤에는 온몸이 갑자기 벌겋게 발진이 일어나 도저히 잠을 잘 수가 없었다. 다시 배운 대로 해본다. 두드러기가 올라오면 안 된다는 뜻을 내려놓는다. 그냥 고통을 보고 있기만 한다. 탱자즙을 잔뜩 바르고 나니 가려움이 잠시 내려가 다시 그대로 잠을 잘 잤다.

갑자기 생긴 양도세 폭탄도 거부하지 않고 그대로 받아들이기로 한다. 담담하게 대출 상담을 위해 이리저리 수소문해본다.

뜻을 내려놓고 진리에 다 맡기면 이렇게 편안한 것임을, 이것이 바로 은혜임을 확인하는 날들이다.

실행하기 2022. 5. 24.

진리란 된다 안 된다가 없고, 오직 실행만 하면 된다는 스승님 말씀. 실행도 하지 않고 질문은 어불성설이다.

남편이 기분 나쁜 일이 있는지 말끝마다 툭툭 시비를 건다. 아니 시비 거는 것으로 들린다. 진리는 언어의 길이 끊어진 곳(언어도단)이고 무아라 하시니 원래 자리에서 본다. 살짝 나쁜 기분도 상관없이 놔두고 나는 그대로 직진이다. 좀 지나니 무슨 일이었는지 기억도 나지 않을 정도로 편안하다.

안면마비 발병 두 달이 지나니 슬슬 걱정이 되면서 인터넷을 뒤져 후유증을 읽어본다. 이런저런 설명들이 나랑 겹치면서 걱정이 올라온다. 언어도단으로 본다. 병원에서 의사에게 이것저것 질문을 하고 필요한 설명도 들으며 담담하다.

야생화 밴드에 회원이 올린 사진에 훅 끌려간다. 인터넷에서 장바구니에 가득 담아놓고 잠시 멈춰본다. 언어도단으로 보니 다 부질없는 경계임을 확인하고 장바구니를 지운다.

인예가 회사를 그만둔 지 3주쯤 되니 슬슬 의심이 올라온다. 무슨 자격증 공부를 하겠다고 했지만 올라오는 카톡을 보면 친구랑 놀러 다니고 영화 보러 다니는 등 빈둥거리는 걸로만 보인다. 멈추고 언어도단으로 본다. 원래 인예가 이런 사람 저런 사람이 아니건만 내가 지어놓은 업으로 문득문득 닦달하는 내 모습이 아찔하다. 잠시도 쉬지 않고 달리라는 내 뜻을 내려놓고 모든 걸 진리에 맡긴다.

그가 마음공부를 하며 남겼던 흔적들은 수백 페이지의 일기가 됐다. 그때는 오직 지금 올라오는 이 마음이 무엇인지 알고 싶어 쓰고 또 썼다. 마음의 출렁임을 글로 풀어내 들여다보는 작업은 이제 공고한 습으로 남았다. 이 습이 스러져 글이 필요 없이 진리를 딱! 이 자리에서 바로 볼 수 있기를.

마치며

지금 여기서 행복하기

아침에 시를 읽는데 참 좋다. 무엇을 뜻하는지는 몰라도 그냥 굴러다니는 언어만으로도 좋다. 아, 내가 지금 시를 이해하려 하지 않고 그냥 읽었구나. 문득 새롭다. 나는 국어선생이면서 시가 참 어려웠다. 시인들이 던져놓은 시어들을 머리로 이해하고 해석하려고 무던히도 애썼지만, 도저히 무슨 뜻인지 모를 때는 막막했다. 이제야 내가 시를 그대로 보지 않고 그렇게나 머리로 이해하려 했었구나 싶다.

올라오는 생각들에 속아 아이를 닦달하고 남편을 옥죄고 직장 동료를 미워하며 우왕좌왕 살아왔던 지난날이다. 어찌 다행 마음을 들여다보는 공부를 만나 10여 년의 방황 끝에 종지부를 찍게 돼 그 은혜가 감사하고 감사하다.

지금 눈앞에 보이는 이대로가 다 진리임을, 내가 손 댈 필요 없는 완벽한 편안함임을 보고 또 본다. 진리를 찾아 헤맸던 수많은 시간들, 언어가 끊어진 자리를 언어로 이해해보려고 얼마나 속을 끓였던지... 이제 이해는 필요 없다. 그냥 보기만 한다. 돌고 돌아 왔지만 원래 이 자리였음을, 그래서 모든 순간이 이미 찬란했음이다.